「おや、こんな辱めを受けているというのに、
君の大事なところは濡れているじゃないか」
リアーナの頬は真っ赤になった。

身代わり姫は腹黒王子に寵愛される

水島 忍

white heart

講談社X文庫

目次

イラストレーション／すがはらりゅう

身代わり姫は腹黒王子に寵愛される

第一章　王女と入れ替わった娘

リアーナは城の中をさ迷っていた。

美しいドレスを身にまとい、腰まである長い黒髪をなびかせて、ひと気のない廊下を足早に歩いて、出口を見つけようとしている。しかし、複雑な造りの城の中では案内がなければ、すぐに迷子になってしまうようだった。

なるべく早く出ていかなくちゃならないのに……！

気持ちは焦る。このドレスはどう見ても身分の高い女性のもので、城でこんなドレスを着る人間は限られている。誰かに見とがめられる可能性は高いということだ。そして、城から出られても、城門をこんな格好で脱けだすのは難しかった。

でも、どうしても……わたしはここにはいられないのよ！

リアーナは本来、城なんかにいるべき人間ではない。こんなドレスを身につけていても、決して身分が高いわけではないからだ。この国シルヴァーンと隣国モルヴァーンの境に接している村で育った田舎娘《いなかむすめ》なのだ。

そう。わたしは今、このお城でモルヴァーンの王女ラーナだと思われているんだわ。そして、シルヴァーン国の王と結婚すると思われている。

ああ、どうしたらいいの？　わたしは偽者なのに！

リアーナは必死で出口を捜していた。

そのとき、突然、後ろから声をかけられた。

「お嬢さん、何を捜しているのかな？」

リアーナはビクッとして振り向いた。てっきり衛兵か誰かで、自分を連れ戻しにきたのかと思ったのだ。

だが、そこにいたのは長身のすらりとした若い男性だった。

彼は今まで見たこともないくらい端整な顔立ちをしていた。金色の長い髪を垂らしていたから、一瞬、女性かと思ったくらいだ。

肌は陶器みたいに滑《なめ》らかで、鼻筋が通っていて、唇はやや薄いものの、優しい微笑《ほほえ》みの形を取っている。宝石みたいな緑色の瞳《ひとみ》に見つめられて、リアーナは頬《ほお》が熱くなってしまう。

絶世の美男子。そんな言葉が頭を過《よ》ぎる。

年齢は二十代後半くらいだろうか。リアーナが十八歳なので、彼は自分より十歳近く年上のように見えた。

リアーナは言葉を失ったまま、ぼうっと彼の顔を見つめていた。

でも……。

ふと、彼が普通の男性とはずいぶん異なる格好をしていることに気がつく。

彼は髪を垂らしていたが、片方だけ耳にかけている。その耳には異国風の金の耳飾りをつけていて、揃《そろ》いの首飾りもつけていた。

袖《そで》が膨らんだ赤いシャツに黒いズボン、それから黒地に金糸模様が派手に入った丈の長いベストを着ていて、腰の辺りで革のベルトを締めている。そのベルトにもじゃらじゃらと音が鳴るような装身具をつけていた。そして、その上からひらひらしたベストを何枚も重ね着している。

これほど色鮮やかな服を着て、こんなにたくさんの飾りをつけている男性を見たのは初めてだった。しかも、シャツの胸元がやけに開いていて、肌が露《あらわ》になっているから、なんだか気になってしょうがない。

彼は瞳を煌《きら》めかせて、リアーナに話しかけてきた。

「ビックリして口がきけないみたいだね」

「……ご、ごめんなさい。あなたみたいな人を初めて見たものだから。あの……ここで何をしているの？　つまり城の中で……。ああ、あなた、道化《どうけ》なのね？　そうでしょう？」

城の中でおかしな格好をして、人を笑わせる道化という者がいると聞いたことがある。

そうでなければ、こんな珍妙な格好をしているはずがない。

でも、道化って、人を笑わせる化粧をしているんじゃなかったかしら。

「道化？　まあ、そうだね。そのようなものだね」

「そうよね！」

リアーナは明るく笑った。

城の中で道化に会うなんて二度とない経験だろう。城を出て、故郷に帰ったら、いい土産話《みやげ》になる。

「それで、君はどうしてこの城の中をうろうろしているんだい？　誰にも言わないから、ちょっと教えてくれないかな？」

彼は親しげにリアーナに話しかけてくる。

一瞬、リアーナは躊躇《ためら》ったが、彼が悪者のようには思えなかった。それに、このままでは、城を脱けだせそうになかった。

「あの……本当に内緒にしてね。約束よ？」

「約束するよ」

彼は胸に手を当てて、大げさに誓う素振りをする。

「わたしね……ここから出なくてはいけないの。その……誰にも見つからないようにしたいのよ。どこか安全に出ていけるところはないかしら」

彼はにっこり笑った。

「知ってるよ。秘密の通路がこっちにあるんだ」

「まあ、ありがとう！」

リアーナは彼についていく。彼は廊下の突き当たりの壁にかけてある大きなタペストリーをずらした。そこには小さな扉があった。扉の向こうにはかなり薄暗い廊下がある。小さな明かり取りがあるくらいで、確かに秘密の通路に違いなかった。

「迷うといけないから」

彼がリアーナの手を握り、その中に入っていく。

会ったばかりの男性にこんなふうに手を握られたのは初めてだった。しかも、二人きりでこんな暗い通路を歩くなんて、なんだかドキドキしてきてしまう。

彼の手はとても温かくて、力強い。格好は変だが、いい人に違いない。それに、長身だからか、とても頼もしい人にも思えてくる。

今のわたしはこの人と手を取り合って、どこかに逃げているみたいだわ。

もちろんそんなわけはない。リアーナの手を握っている彼はただの行きずりの人でしかない。逃げ道を教えてもらったら、そこで別れるだけだ。

「ここだ！」

彼はどこかの扉を探り当て、大きく開いた。

「……え？」

リアーナは急に明るくなったことで、目をしばたたかせた。

ここは……どこ？

リアーナは城から逃げたいと言った。彼は秘密の通路を知っていると言った。リアーナはてっきり城の外に出る抜け道だと思っていた。

でも、ここは……誰かの部屋だわ。それも、とても身分の高い人の……。

広い部屋にはずいぶん大きなベッドがある。四柱式で、紺色のビロードの天蓋《てんがい》付きだ。置いてある家具も調度品も立派で、壁には大きな絵がかけてあった。

「あの……わたし、この城から出ていきたいんだけど……」

「ああ、判《わか》っているよ」

彼はそう言いながら、リアーナの肩を親しげに抱いたかと思うと、突然ぐいと引き寄せ、唇を重ねてきた。

リアーナはただただ驚いた。

さっきは確かに、彼に少しだけときめいた。彼もまたリアーナと同じような気持ちになったかもしれない。しかし、いきなりキスするなんてやりすぎだ。いくら道化だからといって、こんなことを笑い事にはできない。

それに……キスは初めてなのに！

少しときめいたくらいではなく、愛する人と初めてのキスをしたかった。それなのに、いくら顔は素敵でも、行きずりの道化に唇を奪われてしまってショックだった。

リアーナは彼から逃れようと身をよじる。

「……やめ……っ」

せっかく唇が離れたのに、またキスをされた。今度は唇の隙間《すきま》から舌をねじ込まれてしまい、リアーナは呆然《ぼうぜん》とする。

何……？　なんなの？

これがキスというものなの？

唇を合わせるだけがキスだと思っていたのに、舌を差し込まれて、リアーナは驚くしかなかった。

彼は自分の舌をリアーナの舌に絡めてくる。けれども、不思議なことに当然感じるべき嫌悪感が湧《わ》いてこなかった。

どうして……？　わたし、一体どうしちゃったの？

初めて会った男の人に、どうしてこんなことを許しているの？

無理やりキスされたのに、彼の唇や舌の動きはとても優しくて、胸がドキドキしてくる。初めての体験だから、心がこれほどときめいてしまうのだろうか。

だが、彼の手がリアーナの背中を撫《な》で始《はじ》めると、はっと我に返った。

わたしったら、初対面の人にされるままになっているわ！　乙女はみだりに男性に身体《からだ》を触れさせてはいけない。当然、キスなんて気軽にするものではない。リアーナはそう教えられて育ってきた。

リアーナはもう一度もがいて、今度は彼の腕から逃れる。すぐさま、ドレスのポケットから護身用の短剣を取りだし、構えた。

「わたしに触らないで！」

男は一瞬驚いたような顔をしたが、すぐにニヤリと余裕めいた笑みを見せた。そして、髪の乱れを直す。

「今までキスにうっとりしていたのに」

彼の指摘に、リアーナの頬は真っ赤になった。

「う、うっとりなんてしてないわ……っ」

「嘘《うそ》はいけないな。君は抵抗するのも忘れていたじゃないか」

「と、とにかくっ……わたしに触ろうとしたら、怪我《けが》をするわよ」

彼はおどけた仕草で、両手を上げた。

「判ったよ。もう触らない。怪我するのは嫌だからね。君もそんなものは振り回さないほうがいいよ。君自身が怪我をしてしまう」

「わたしは怪我なんてしないわ。短剣を扱うのなんか慣れているんだから」

リアーナは短剣を翳《かざ》しながら口を開いた。

「ここはどこなの？　あなたは本当に城からこっそり出る方法を知っているの？」

「こっそり出る方法だって？　そんなこと……」

彼は突然、目を大きく開いて、リアーナの後ろを見つめた。誰かがここに入ってきたに違いない。リアーナは素早く振り向く。だが、そこには誰もいなかった。

ほっとして男に向き直ろうとしたが、その前に彼が傍《そば》まで来ていた。腕をひねり上げられて、痛みのあまり短剣を取り落とす。

しまった……！

彼はリアーナを抱き上げると、ベッドに放り投げ、それから身体全体を使って押さえつけてくる。特に腕は彼の両手で高価なベッドカバーに押しつけられて、身動きすらできない。

リアーナは恐ろしくてたまらないのに、彼はニヤニヤと笑っている。彼にとっては、リアーナの動きを封じることくらい大したことではないのだ。

この人は……一体、何者なの？

道化に身をやつした衛兵なのかしら。

「やめて……！　手を放して！」

顔を近づけられて、リアーナの身体は強張《こわば》る。

「君が逃げようとするからいけないんだ」

「に、逃げるでしょう？　普通……キスされたりしたら……」

「いや、そのことじゃない。自分の花嫁が城から逃げだそうとしているのを止めるのは、当たり前だという意味だ」

えっ……？

自分の花嫁って……。

リアーナは目をしばたたいて、彼を見つめた。彼は唇を歪《ゆが》めて笑った。端整な顔立ちをしているのに、急に荒々しく見えてくる。

「ラーナ姫がこんなお転婆《てんば》だとは知らなかった」

リアーナはぞっとした。

彼は最初からリアーナを隣国の王女だと思っていたのだ。そして、彼は『自分の花嫁』だと言った。

つまり……。

リアーナは彼を凝視したまま、喉《のど》がカラカラになるのが判った。

「あ……あなたは……国王陛下……？」

彼は、今度はにっこり微笑んだ。

「そうさ。君の花婿だ。よそよそしく国王陛下なんて呼ぶのはやめてもらおう。すぐに親密な関係になるんだから」

　信じられない。こんな奇妙な格好をしている男が国王だなんてことがあるのだろうか。

　だが、彼は道化のように見せかけておいて、実際、外見よりずっと男らしい人だ。リアーナの抵抗を易々《やすやす》と封じている。

「私のことはヴィンセントと呼ぶんだ」

「ヴィンセント……」

「私は君のことをラーナと呼ぶよ、私の花嫁」

　リアーナは我に返った。

「わ、わたしは……」

　ラーナではありません、と言いたかった。けれども、今、とても言える状況ではないことに気がついた。

　だって、彼は見かけよりずっと怖い人だわ。本当のことを言ったら、すぐに首を斬《き》られるかもしれない。

「君は私の妻となり、この国の王妃となる」

「でも……」

「それはもう決まったことだ。君がここへ来た以上、今更、変えることはできない……」

　彼はそう囁《ささや》くと、更に顔を近づけてきた。横を向いて避けようとしたが、結局、彼の唇に捕らえられてしまう。

ああ、わたし……どうしたらいいの？

彼のキスはさっきより情熱的に思えた。優しく愛撫《あいぶ》するようなキスではなく、リアーナはまるで貪《むさぼ》られているような気分になってきた。

でも、何故《なぜ》だかそれが嫌ではなくて……。

うっとりしている場合じゃないのに。身体の自由を奪われて、無理やりキスされているのに。

しかも、わたしは本当は彼の花嫁でもなんでもないのに！

ああ、誰か助けて。

リアーナは彼のキスに溺《おぼ》れていくような気分になっていた。彼がやめてくれなければ、自分はもう抵抗できない。

そのとき、彼がやっと唇を離してくれた。

「楽しみは初夜に取っておくべきだな」

初夜ですって？　そんなの無理よ！

やはり結婚式の前になんとかして逃げなければ。

ヴィンセントは身を起こして、乱れた髪を撫でつけた。リアーナも素早く起き上がると、ベッドから飛び降りて、ドレスの乱れを直す。無理やりのキスに気持ちよくなってしまったことがなんだか恥ずかしい。

「さて、ラーナ姫。ご自分の部屋にお帰り願おうか。今頃、君の従者達が血相を変えて、君を捜していることだろう」

リアーナの胸に罪悪感が湧き起こる。

でも……仕方ないのよ。わたしはやっぱり逃げなくてはならないの。絶対。

だが、逃げても解決しそうにない。

リアーナは途方に暮れながら、奇妙な格好をした国王を見つめた。


それは今から少し前のことだった。

モルヴァーンとの国境近くに住むリアーナは、領主夫人ネフェリアのお使いで二輪馬車を操り、村の貧しい人々に食べ物を配っていた。

ネフェリアは四十代半ばのぽっちゃりとした美人で、男の子ばかり五人も産んでいる。困っている人に慈善を施すのは領主夫人の務めではあるが、それだけでなく、彼女は心優しき聖女のような人なのだ。

リアーナは拾い子だ。赤ん坊のときに川の上流から流れてきた小舟の中にあった箱に入れられていたという。それをネフェリアに拾われて、領主館で育てられてきたのだ。そのため、リアーナは彼女を母親のように慕っていた。

もっともリアーナだけでなく、領主館では今まで何人もの親のない子達が引き取られ、育てられている。自分だけでなく、ネフェリアはどの子供にも愛情を注いでいた。

リアーナは彼女の末の息子の二歳下だったからか、五人兄弟の妹扱いをされていた。読み書きや計算はネフェリアに教えてもらったが、兄弟達は面白がってリアーナに乗馬を習わせ、剣の稽古《けいこ》に参加させた。おかげでお転婆娘になったと、ネフェリアには嘆かれることになったが。

十二歳になったとき、リアーナはネフェリアの侍女見習いとなった。

それから六年間、熱心に彼女の世話をした。恩返しという意味もある。行儀作法を教え込まれ、今では立派な侍女として、彼女の信頼を得ている。

もちろん、貧しい人々に食べ物を配るのも、侍女としての務めのひとつだ。ようやくすべての食べ物を配り終えたリアーナは領主館に帰ろうとして、ふと、ここから隣の領主の土地が近いことに気がついた。

隣の領地では確か大切なお客様が宿泊するはずなのだ。

それは……隣国モルヴァーンの王女だ。

王女はこのシルヴァーン国の国王に輿入《こしい》れするため、旅をしているのだ。その途中で隣の領主館に泊まるという。

その話を聞いたとき、リアーナは心をときめかせた。

だって、お姫様がどんな人なのか、一目だけでも見てみたいんだもの。

輿入れの行列にも興味はあったが、何より王女本人を見てみたかった。きっと美しくて上品で、見たこともないような綺麗なドレスを着ているに違いない。ひょっとしたら、頭にはティアラをつけているかもしれない。

リアーナは日頃からネフェリアの着替えを手伝い、綺麗なドレスや宝石を見慣れている。だから、ドレスや宝石自体に興味があるわけではなく、王女がどんな人なのかに興味があるのだ。

そうだわ。こっそり隣の領主館まで行っちゃおう。

王女の一行は見られないかもしれないが、ひょっとしたらということもある。リアーナは馬を駆り、二輪馬車を隣の領地へと向けた。


森を抜けて、近道をしようと思ったのが仇《あだ》になったらしい。

昨日、雨が降ったので、森の中の小道はまだぬかるんでいた。そのせいで、行く手に車輪が轍《わだち》にはまっている箱馬車が立ち往生している。

小さな道だから、この馬車が道の真ん中にいる限り、リアーナの馬車も向こうに行けないのだ。

若い男性が馬車を押しているが動かないでいるらしい。もう一人、頭からベールをかぶっている若い女性がそれを心細そうに見ている。二人とも身なりがよく、馬車も立派なものだ。仰々《ぎょうぎょう》しい紋章までついている。ひょっとしたら、王女の一行の中にいる人達だろうか。

お上品な人達だから、こうしたことには慣れてないのかもしれないわ。

リアーナは手助けするつもりで、馬車を降り、こういうときのために使うボロ布を手にして、彼らに近づいた。

「よかったら手を貸しましょうか？」

若い男性ははっとしたように、こちらを見た。驚いたように大きく目を見開いている。

「あ、あなたは……？」

彼は何を驚いているのだろう。女性のほうも息を呑《の》み、リアーナを見つめている。

そんなに驚くなんて、一体、何があるというのだろう。リアーナは自分が悪い人間ではないということを示すように、にっこり微笑んだ。

「わたしは隣の領主館で、領主夫人の侍女をしているリアーナです。よかったら、馬車を動かすお手伝いをしますよ」

リアーナは馬車の車輪に近づき、その前にボロ布を置いた。

「わたしが馬を動かしますから、あなた達は後ろから思いっきり馬車を押してください」

「いや、この人は……」

若者は何か言いかけたが、女性のほうをちらりと見て、急に口を閉ざして頷《うなず》いた。

「判りました。お願いします」

リアーナは御者台に上がると、馬を動かした。すると、ゆっくりと馬車が動いた。どうやら無事に轍から車輪が脱けだしたらしい。

よかったわ！

これで自分の馬車が通れるようになる。だが、それだけでなく、誰かのためになることをしたという満足感があった。

リアーナは御者台から下りた。若者と女性は馬車の後ろからこちら側に回ってきたが、何か二人でひそひそと話している。

もしかして、田舎娘にお金を払うべきかどうか話し合っているのかしら。

もちろんお金などいらない。そんなつもりで手伝ったわけではないのだから。

「わたしは別に何かが欲しくてお手伝いしたんじゃないんですよ。だから、何も気にしないで。お互い様だもの」

リアーナは彼らに笑いかけた。だが、若い女性がはらりとベールを取り去った途端、笑顔が凍りついた。

自分が見たものが信じられない。

何故なら……彼女の顔はリアーナそっくりだったからだ！

しばし、リアーナは口をぽかんと開けたまま、彼女の顔を凝視した。彼女もまたリアーナをじっと見つめている。

やがて、彼女はぽつんと言った。

「わたし達……そっくりですね」

「そ、そうですね……」

リアーナは見知らぬ女性と声までそっくりであることに驚いた。若者がさっき目を見開いていたのは、そういう理由があったからなのだ。

「驚いたわ。本当に……。あなたは誰？」

もしかしたら自分の生き別れの姉妹かもしれない。自分は捨てられたが、彼女は捨てられずに育ったのか、それとも彼女は裕福な家庭の養女となり、幸せに育ってきたのかもしれない。

だが、そんな妄想も若者の説明を聞いたら消えてなくなってしまった。

「この人は……いや、この方はラーナ姫です。モルヴァーンの……王女なんです」

「えっ……まさか！」

リアーナはまじまじと女性を見つめた。

彼女が隣国の王女なら、自分と姉妹のはずがない。王族が生まれた子を赤ん坊のときに捨てるわけがないからだ。

つまり他人の空似だ。とてもよく似ているが、偶然に過ぎないのだろう。

そうよ。世の中には自分に似た人が何人かいるって聞いたことがあるわ。

それにしても、こんなに似ている人間と出会うなんて思わなかった。しかも、それが隣国の王女だなんて……。

とはいえ、本当に王女なのだろうか。

彼らはどう見ても『輿入れのための旅』をしているようには見えない。どちらかというと、手に手を取り合って逃げているとしか思えなかった。

もし彼女が王女ならば……この若者は誰なの？　王女様お付きの男性と二人で、馬車でどこかへ出かけるわけがないわ。

「私は……私達は今逃げている最中なんです。このままでは彼女は結婚したくない相手と結婚しなければならなくなる。それだけは……私達はとても耐えられない。いけないことだと判っていても、気持ちは止められません！」

男性は王女をしっかりと抱き寄せた。王女は男性を心から慕っているようで、切ない表情をしていた。

「つまり……あなた達は恋人同士なんですね？」

「はい。私はジャイルズ。隣国の公爵の次男です。彼女と秘密の恋仲でしたが、ここシルヴァーンとの和平のために彼女は輿入れをすることになりました。一時は諦《あきら》めようと決意しましたが、やはりどうしても……。私はすべてを捨てても……どんな貧しい暮らしをしたとしても、彼女と結婚したい。一生、彼女の傍にいたいんです！」

公爵の息子ならばさぞかし裕福な暮らしをしていただろう。それらを捨てても、愛する人と共に暮らしたいのだ。

王女のほうも恋人に寄り添いながら口を開いた。

「わたしも……何もかも捨ててもいいんです。ただ、ジャイルズさえいてくれればそれでいい。もしこの逃亡が失敗に終わって、彼と引き離されたら……死ぬ覚悟があります」

リアーナと違って、王女はおとなしそうな性格のように見えた。それでも、愛のためにはすべてを捨てて、引き離されたら死のうと思っているのだ。おとなしそうに見えても、胸の中には激しいものを持っているようだった。

「王都に着いて、結婚の準備が整ってからでは遅い。今逃げなければ……私達は永遠に一緒になれないんです。判ってくださいますか？」

ジャイルズは懇願しているような口調で言う。リアーナは目をしばたたいた。彼らはどうしてこんなに必死に自分達の窮状を訴えているのだろう。

「あの……もしかして、わたしに何か頼みがある……ということですか？」

彼は大きく頷いた。

「はい！　ここまで逃げてきましたが、私達は……何か目立っていると思うんです」

「そうね……。すごく目立っていますね。馬車も……あなた達も……」

「お願いです！　一時的に……あなたにラーナ姫になってもらえませんか？」

リアーナは彼らがとんでもない計画を思いついたことに、恐れおののいた。王女の逃亡計画に自分が組み入れられようとしているのだ。

これはとんでもない大ごとよ。だって、国王と王女の婚礼だもの。それを壊す手伝いをするなんて……。

もちろん、ラーナと入れ替わったところで、すぐばれるに決まっている。いくら顔がそっくりでも、性格が違う。それに、領主夫人の侍女であるリアーナが王女のように振舞えるわけがなかった。

「ほんの少しの時間でいいんです。ドレスと馬車を交換してください。お願いします！」

公爵の次男ともあろう人が必死に頭を下げている。ラーナも胸の前で手を組んで、リアーナに懇願の眼差《まなざ》しを向けていた。

そんな恋人達の頼みを無下に断ることなんてできそうになかった。

それに……ネフェリアはいつも言っていた。

『人として生まれてきたからには、人の助けになるように生きるのよ』

そうよ。困っている人がいたら、全力で助ける。それが手助けできる者の義務なのよ。後のことを考えても仕方ない。国同士の話し合いのことは王族が考えればいいことだ。リアーナのような庶民は人間のことしか考えられない。

本心では、彼らを助けたいと思っている。ならば助けよう。

リアーナは決心して頷いた。

「判りました。でも、少しはごまかせても、すぐばれてしまいますけど」

「いいんです。少しでも時間稼ぎができれば」

「行くところは決まっているんですか？」

「この近くの村に私の乳母の家があります。乳母を辞めた後に、親戚《しんせき》を頼ってこちらの国に来たんです。とりあえずはそこに匿《かくま》ってもらうことになっています」

彼はしっかりとした口調で答えた。リアーナは世間知らずの彼らの行方《ゆくえ》が気になったが、とりあえず今は何より追っ手を撒《ま》くことだ。

リアーナとラーナは馬車の中でドレスを脱ぎ、それを交換して着た。ラーナがリアーナのドレスを着ると、ますますリアーナそっくりになった。ラーナもそう思ったようで、じろじろとリアーナを見ている。

ジャイルズも同じように思ったようだが、口には出さなかった。彼はリアーナに礼を言い、金貨を渡そうとした。

「受け取れません。あなた達のこれからの生活に使ったほうがいいと思います」

　正直なところ、リアーナは彼らのほうがお金を必要としていると思ったのだ。貧しい暮らしなど本当に体験したことがない二人がどこまでやれるのか、こちらのほうが心配になってくる。

　彼らはリアーナが断ったことに驚いたようだったが、何度も礼を言って、二輪馬車に二人で仲良く乗った。そして、なんとか馬車の向きを変えて、去っていく。

　リアーナは囮《おとり》として留《とど》まった。彼らと同じ方向に行ってしまっては囮にならないからだ。

　輿入れの行列は見損ねたが、代わりに王女は近くで見られた。しかも、王女のドレスを着ることができた。リアーナは自分が身につけている高価なドレスを見て、溜息《ためいき》をつく。

　一応、人助けはできたけど……本当にこれでよかったのかしら。

　彼らが幸せになれるといいんだけど。

　だが、これが自分にできる精一杯のことだ。これ以上のことはできない。彼らの後をつけて、幸せになれるかどうか見張っているわけにもいかない。

　それにしても……。

　あんなに似ている人がいるなんて。

　リアーナはとりあえず御者台に上った。

馬車を少し動かしてみたら、また違う轍にはまってしまう。リアーナが操っていた二輪馬車に比べると、馬車が重すぎるのだ。顔をしかめて、御者台から下りて、車輪の様子を見てみる。

しばらくして、リアーナははっと顔を上げた。

馬の足音が聞こえる。それも複数の足音だ。かなり急いでいるようだ。やがて、何人もの兵士が馬に乗って現れた。

「ラーナ姫！　ご無事でしたか！」

リアーナはゆっくりと頷いた。

わたしは隣国の王女。ラーナ姫。

ほんの少しの間、王女になりきってみることにした。

そう。ほんの少しの間だけ……のつもりだったのに。

だが、リアーナの思うようにはいかなかった。恐ろしいことに、誰一人として、ラーナではないと気づかなかったのだ。

ラーナはおとなしい姫君で、人の集まりも嫌っていたし、とにかく引っ込み思案で外にも出たがらなかったらしい。ところが、結婚が決まった途端、人が変わったようになったのだ。

それも悪い方向に。

彼女はありとあらゆることをして、結婚から逃れようとした。たとえば、わざと行儀悪く振る舞ったり、言葉使いを乱暴にしたり、散歩の途中にふっといなくなってみたりしていたらしい。かと思うと、女官のドレスを着たがり、そのままいなくなってみたり……。

つまり、何度も逃げだそうと努力していたみたいなのだ。ラーナのお付きの人々はそれらを全部、結婚の前に神経質になっているからだと決めつけていた。

本当のところを言えば、ラーナをどうしても結婚させなければならないから、彼女の振る舞いに目を瞑《つぶ》ったのだ。だから、リアーナが王女らしからぬ振る舞いをしたところで、ばれなかった。

いや、内心おかしいと思っても、ラーナがまた反抗していると思われただけなのだろう。

そんなわけで、リアーナは正体がばれて糾弾されることはなかった。けれども、リアーナはどこかの時点で逃げだそうと企《たくら》んでいたのに、一度逃げたために警備が厳重になってしまって、逃げだせなかった。そして、気が焦るまま王都に連れてこられた。

さすがに、お付きの女官達に自分はラーナではないと明かしたものの、それさえも信じてもらえなかった。どうやら、ラーナは一度その手を使ったことがあるらしい。彼女達は鼻で笑った。

『姫様、同じ手を二度も使うものではありませんよ』

そんなわけで、リアーナは城の中で逃亡を企てた。だが、国王に出会って、あえなくその計画も潰《つい》えたわけだった。

今、リアーナは自分の部屋に戻され、窓から外を見つめている。リアーナに与えられた部屋は続き部屋で、ここは椅子《いす》や長椅子、テーブルなどが置いてある居間だ。もう一室は寝室で、そこに衣装部屋がくっついている。

それにしても、まるで籠《かご》の鳥だ。

ここは三階で、窓から逃げられないし、扉の外には兵士がいる。そして、この部屋の隅にも侍女のメルと三人の女官達が控えていた。

あの国王に会わなければ、どうにかして逃げられたかもしれないのに。

まったく……あんな変な格好をした人が国王だなんて思う人がいる？

ラーナはシルヴァーン国王があぁいう男だと知っていたのかもしれない。だから、死に物狂いで逃げたとも考えられる。

わたしだって、あんな人は嫌よ。たとえ顔が綺麗でも。

リアーナはキスされたときのことを頭から追いだそうとした。ところが、追いだそうとすればするほど、何故だか頭の中に甦《よみがえ》ってきて……。

不意に、扉をノックする音が聞こえた。振り向くと扉が開き、国王の命により王女の一行に付き添ってきた側近のセザスが入ってきた。

彼は厳しい顔つきをしている壮年の男性で、『ラーナ』の振る舞いに対しても恭《うやうや》しい態度や言葉遣いを決して崩すことはなかった。内心どう思っているかは判らないが。

彼はさっとリアーナの前に跪《ひざまず》いた。

「ラーナ姫、シルヴァーン国王陛下があなたをお待ちしています。すぐにお越しくださるようにと」

リアーナは一瞬、顔をしかめた。

改めてまたヴィンセントと顔を合わさなくてはならないのだろうか。しかし、非公式にもう会ってしまったと言うわけにはいかない。しかも、二人きりで国王の寝室にいて、キスまでされたなどということは絶対に言えなかった。

セザスは王女に付き添って、この城まで来たものの、あくまで忠誠を誓う相手はモルヴァーン国王であるようで、『ラーナ』が結婚したくないとごねたところで、まったく聞く耳を持たない男だ。もちろん、ここで結婚相手に会わないなどと言えば、一悶着《ひともんちゃく》が起きるだろう。

仕方ないわ。とにかく、ここはやり過ごそう。

「判りました。どちらへ行けばいいんでしょう？」

彼は眉《まゆ》をくいっと上げた。

「まさか、そのままの格好でシルヴァーン国王陛下に会う気ではないでしょうな？」

「えっ……これのどこがいけないの？」

リアーナは思わず自分が身につけているドレスを見た。とても上質な布で作ってある素晴らしいドレスだと思うのだが。

「いけないに決まっているでしょう？　さあ、すぐにお着替えください。私は部屋の外で待っておりますので」

彼はすっと立ち上がると、さっさと出ていった。

侍女のメルがさっと寄ってきた。

「姫様、どうぞこちらへ」

隣の寝室の向こうにある衣装部屋にリアーナを連れていく。ラーナが輿入れのためにはるばる国境を越えて持ってきたドレスが所狭しと並んでいる。

「さあ、姫様。どちらのドレスに致しましょうか」

「こんなにたくさんあるんじゃ決められないわ。あなたが決めて」

メルはギョッとした顔になったが、すぐに自分を取り戻した。ちらりと横目でリアーナを見たから、また王女の奇行が始まったと思われているのだろう。つまり、国王に会いたくないから王女でないふりをしている、と。

でも、いくら顔が似ているからといって、別人だということが本当に判らないものなのかしら。

リアーナは疑問だった。

それとも、本当はとっくに見抜いているのに、理由があって見て見ぬふりをしているとか……？

だって、メルは侍女でしょう？　王女の傍にずっといたのだから、王女の考えを何もかも知っているんじゃないかしら。

「それでは……この青いドレスはいかがでしょう？」

どのドレスも上等な布で作ってあるものだが、そのドレスにはレースの飾りがふんだんにつけられている。こういったものが『国王と会うにふさわしい』ちゃんとしたドレスなのだろう。

「じゃあ、それにするわ」

早速、メルは手際よくリアーナのドレスを脱がせ、手早く青いドレスを着せた。首飾りをつけ、それから髪を整える。たちまち、外見だけはたおやかな王女になったが、心の中はただの田舎娘のままだった。

「さあ、参りましょう。あまりお待たせするとよくないでしょうし」

メルに連れられて、居間のほうに戻ると、隅に控えていた女官達が大げさにリアーナの姿を褒《ほ》め称《たた》えた。

「まあ、お美しい。シルヴァーンの国王陛下もきっと一目惚《ひとめぼ》れなさいますわ」

メルは侍女として王女のための雑用をしているが、女官達はただ付き添って、主に王女の話し相手のためにいるらしい。

彼女達は身分が高く、リアーナの目には上品だが退屈すぎる人達のように見えた。そもそも『ラーナ姫』のことを特に好きではないように思う。彼女達の話から、リアーナはラーナの情報を得ていた。

ラーナはおとなしく、人前には出たがらない性格だという。彼女には兄が二人、姉が一人いるそうだが、彼女だけが何故か小さいときから過剰に構われていて、そのせいで子供時代はずいぶん神経質だったらしい。成長するにつれて、それはずいぶんよくなったものの、引っ込み思案なところはまだ残っていたようだ。

だからこそ、隣国への輿入れが決まった途端、結婚を取りやめてもらいたいがために急に奇行を繰り返すようになって、周りの人々は驚いたのだ。

そんな引っ込み思案の娘が勇気を出して逃げだそうとするくらいだから、よほどシルヴァーン国王との結婚が嫌だったんだわ。

しかし、ヴィンセントに会った途端、確かに彼女が嫌がるのも判ると思ってしまった。いや、モルヴァーンまで彼の噂《うわさ》が伝わっていたかどうか判らないが。それに、ラーナが隣国に輿入れしたくなかった一番の理由は、もちろんジャイルズとのことがあったからだろう。

恋する乙女は強いと聞くが、まさにそれだ。ジャイルズと結婚したい一心で、彼女は逃げてしまった。

彼女もまさかわたしがシルヴァーンの城まで来ることになるとは思わなかったでしょうね……。

彼女のドレスはリアーナの身体にぴったりで、まるで自分のために誂《あつら》えたようだった。だからといって、自分は本物のラーナ姫ではないし、一体どうしたらいいのだろう。とにかく、今はヴィンセントに正式に拝謁《はいえつ》しなければいけない。ここで行かないと言いだしたら、お付きの者達が困るだけなのだ。

リアーナは溜息をついて、女官が開いた扉から廊下に足を踏みだした。そこには、リアーナが逃げださないように見張りとして兵士が立っていた。そして、その横にセザスがいる。彼はリアーナの姿を見て、小さく頷いた。

「では、ラーナ姫……」

彼は先導するように先を歩いていく。リアーナは彼についていき、女官達と侍女がリアーナの後ろを歩く。彼らもヴィンセントを見たら、さぞかし驚くに違いない。シルヴァーン国王ともあろう人がまさかあんな奇天烈《きてれつ》な格好をしているなんて、あり得ないのだから。

しばらく城の中を歩き、閉ざされた扉の前に着いた。そこには二人の衛兵が番をしていて、王女の一行のために大きく扉を開いた。

そこは大広間で、一番奥に数段高くなっているところがあり、玉座が設《しつら》えてあった。

「ラーナ姫……」

玉座から立ち上がった男性を見て、リアーナはまたもやぽかんと口を開いた。

だって……。

彼は確かにリアーナが見たヴィンセントと同一人物だった。それなのに、さっきの格好とは違う。長い金髪は後ろで緩くまとめられていて、変な耳飾りはつけていない。耳飾りだけではなく、揃いの首飾りもベルトの飾りもつけていなかった。

今は襟の詰まった黒いチュニックに太腿《ふともも》までの丈のベストを着ていて、ベルトをつけている。生地に飾り模様はついているが、決して派手ではない。丈の長い豪華なマントを羽織り、王冠をつけているところが国王らしく見えた。

とはいえ、彼が日常的にこんな仰々しいマントや王冠をつけて暮らしているとは思えない。特に、さっきの変な格好を見た後では。なんとなく、わざと『国王らしい服装』をリアーナに見せつけているようだ。

いや、正式な謁見の場だから、国王としての正装をしているだけだろう。

「我が妻となるべく、遠いところからやってきたのだな。疲れただろう？」

彼はリアーナに近づき、手を取った。リアーナは驚いて固まっていたが、後ろからセザスに咳払《せきばら》いをされて、はっと我に返る。

「は、はい……。シルヴァーン国王陛下……」

「妻となるのだから、そんなに形式ばって呼ぶ必要はない。名前を呼ぶがいい。ヴィンセントと」

彼の目がきらりと光ったように見えた。

それは彼と二人きりで会ったときに言われたことだ。リアーナは顔を赤らめた。

彼にからかわれているのは判る。こうして今は国王らしくしているが、裏に回れば奇妙な格好をしているなんて、きっと誰も想像できないに違いない。いや、この城にいる人間はみんな知っていることなのだろうか。国王にそうした服の趣味があるということは。

いずれにしても、リアーナは彼と結婚するつもりはなかった。

ただ、どうやって逃げるかが判らないだけで……。

よりによって、国王本人に逃げようとしているところを見つかってしまったのだ。警備の手が緩むどころか、厳しくなるのは目に見えている。花嫁が逃げたとしたら、国王は面《めん》目《ぼく》を失うだろう。

だからといって、このままラーナ姫として結婚してしまうわけにはいかない。

「ところで、結婚式のことだが……」

「あの……わたしは少し疲れていて、その話はまた後ではいけませんか？」

　時間稼ぎだが、できるだけ長く結婚式の日を伸ばしたかった。そうするうちに、何か解決策が見つかるかもしれない。

　彼はキラキラした目でリアーナを見つめた。

「話はすぐに済む。結婚式はできるだけ早く執り行う。三日後だ」

「なんですって？　三日後？」

　思わず大きな声を出してしまった。セザスが後ろでまた咳払いをする。王女が隣国の国王の前で、こんな大きな声など出すはずがないのだ。

　ヴィンセントはクスッと笑う。

「疲れているというのに、ずいぶん大きな声が出るものだな。ラーナ姫は思いのほか、元気な姫君だったようだな」

「いえ、あの……三日後なんて……無理じゃないかと……」

「心配ない。姫が城に到着する前から準備はしていたのだ。今すぐにでもできるが、さすがに疲れているだろうから、三日後にすると言っている」

　どうしよう。三日後だったら、すぐにでも逃げださなくては。

　だが、さっき逃げようとしたことで、また警備が厳しくなってしまった。部屋の前には衛兵が立っているし、セザスも気をつけている。

女官達もセザスに見張っていているように言われていて、本当にリアーナから目を離してくれないのだ。どこにだってついてこようとする。

「盛大な結婚式と披露宴になる。貴婦人の塔のことは聞いたかな?」

「貴婦人の塔?　いいえ……何も伺っていませんけど」

「では、教えてやろう」

彼はもったいぶった態度で、リアーナの手を取ったまま、窓に向かう。窓からは中庭が見える。彼は中庭の端にある小さな塔を指差した。

「あれが貴婦人の塔だ。主に身分の高い女性が出産するために使うが、もうひとつ、大事なときのために使うのが習わしとなっていて……」

彼はちらりとリアーナを見て、ニヤリと笑う。

「身分の高い男女が結婚したときに、初夜をあそこで過ごすことになっている。子宝に恵まれるようにだ」

リアーナの頬はたちまち真っ赤に染まった。

王女でもなんでもない自分が王室で出産なんてとんでもないが、それ以上に初夜を迎える事態には陥りたくなかった。

寝室で彼にキスされたときのことが頭に浮かぶ。初めて男性に抱き締められてキスをした。彼のことなどなんとも思っていないはずなのに、何故だか頭の中がふわふわして、胸がときめいてしまった。

だけど、初夜はキスだけではないんでしょう？

具体的なことは何も知らないが、乙女が恥じらうような何かが行われることだけは知っている。

そんな……無理よ。

でも、ここでそんなことは言えない。だからといって、他の誰かに言っても、理解してもらえない。

だって、わたしはラーナ姫だと思われているんだもの。

本当にどうしたらいいの？

結婚式は三日後。初夜も三日後だ。

それまでに、どうにかして逃げなくては……。

「初夜の話をしただけで頬を赤らめるとは、可愛《かわい》い姫だな」

ヴィンセントはからかうように微笑む。

いや、彼は国王らしい格好をして、礼儀正しいふりをしながらも、中身は道化みたいな格好をしていたあのときと同じなのだ。

なんて奴《やつ》……！

「素晴らしい結婚式になる。楽しみにしていてくれ」

彼はリアーナの手をギュッと握った。

温かい手……。でも、心の中はきっと違うわ。

リアーナは彼から視線を逸《そ》らし、貴婦人の塔を見つめながら、抜き差しならぬ事態になってしまったことを感じていた。

第二章　初夜の悦《よろこ》び

ヴィンセントは重臣を集めて会議をしていた。

重臣達はヴィンセントよりずっと年上の連中ばかりだ。父王の代からの重臣で、皆、貴族か、貴族に準じる者で、国政をずっと牛耳《ぎゅうじ》ってきた。父王は重臣に頼りきりで、政治にはあまり深く関わろうとはしなかったのだ。

今、彼らは国防について意見を闘わせている。

ヴィンセントはそれを微笑《ほほえ》みながら何も言わずに聞いていた。自分が発言するのは一番後でいい。彼らの意見を聞くことも重要だ。その上で、ヴィンセントはこの会議を自分の意志を通す場にするつもりだった。

何しろ、私は彼らに馬鹿《ばか》にされているからな。

馬鹿にされる原因は自分にあった。隣国の王女ラーナはヴィンセントに初めて会ったときに、あの奇抜な格好に驚いていたが、あれこそがいつもの自分の格好だった。

いや、今は違う。国王になる前……父が生きていた頃の自分だ。

ラーナ姫がいなくなったと聞き、わざわざあの格好に着替えた。政略結婚の相手とはいえ、本当の彼女のことを知りたかったからだ。公式の場で国王として会うより、本音を引き出せると思った。

花嫁に二度と逃げられないように脅しをかけるつもりでもあったが。

あの格好には人を油断させる力がある。ヴィンセントはその力を父王が死ぬまでは利用していたのだ。

ヴィンセントは幼い頃から聡明《そうめい》だと言われていた。おまけに、剣や槍《やり》の使い方、乗馬も上達し、王子として王の側近からも期待されていたらしい。ところが、父王はそれが気に食わなかった。

何故《なぜ》なのか判《わか》らない。五歳のときに母を亡くしたヴィンセントは父を慕い、父に気に入られたかった。褒めてもらいたくて仕方なかったのに、父にだけは嫌われてしまった。小《こ》賢《ざか》しい奴《やつ》だと何度言われたことだろう。

父が可愛《かわい》がるのは、三つ年下の弟ニコラスばかりだった。ニコラスが何をしても、父は喜んでいたし、咎《とが》めることはなかった。ニコラスも成長するうちに傍若無人《ぼうじゃくぶじん》に振る舞うようになってきた。すると、重臣の間で、ニコラスを次代の王に推《お》す者が増えてきた。当然、父王もそうするつもりだろうと思われていたらしい。

ヴィンセントはこのままでは身の危険があると判断し、それまでとは反対に、遊び回るようにした。一日中、城の中や王都をふらふらと歩き回り、女官をからかい、兵舎で衛兵に交じって賭け事《かごと》をしたり、旅に出たり、女たらしの真似事《まねごと》もしたりした。あの派手で奇抜な格好は、ニコラスの敵ではないと思わせるためだったのだ。

そのために、ヴィンセントに期待していた数名の重臣達からは見放されてしまった。この王子はどうしようもない男なのだと思われた。

ただし、全員に見放されたわけではなかった。幼いときから親しくしていた友人、乳兄弟《ちきょうだい》は傍《そば》に残ってくれた。他人から馬鹿にされても自分に寄り添い、護衛もしてくれたのだ。

ヴィンセントは今も自分を守るように後ろに控えている彼らに、ちらりと視線を向けた。彼らは目が合うと、かすかに頷《うなず》く。言葉にしなくても、ヴィンセントが考えていることが判っていると言うように。

今はきちんとした服装をしている彼らも、自分のように派手な出で立《いた》ちをしていた。

もちろん、いつまでも愚かな遊び人のふりをしているつもりはなかった。

そう。王位継承権はいつか自分が手にするものだと思っていた。それまで偽《いつわ》りの仮面の下に、本当の自分を隠し、来るべきときのために力を蓄えていようと。

ところが、父王が病《やまい》でこの世を去った後、ニコラスは悲しみのあまり無茶な馬の乗り方をして、落馬した。頭を打ち、結局はそれが原因で息を引き取ったのだ。

そうして、ヴィンセントは弟と戦わずして、この国の新王となった。

ヴィンセントがまずしたことは、隣国との小競《こぜ》り合《あ》いをやめるために、王女を娶《めと》る交渉をすることだった。多くの重臣、中でも宰相ウィーラスには猛反対されたが、押し切った。今でもそうしてよかったと思う。

シルヴァーンとモルヴァーンは元々、ひとつの国で、分裂したのだ。だからこそ、互いの国民に競争意識が強く、何度も小さな戦いを繰り返してきた。もうこの辺でおしまいにしたほうがいい。そうすれば、もっと両国が発展できるはずだ。

ヴィンセントは長いテーブルの端で腕組みをして、重臣の話を聞いていたが、自分のすぐ傍にいるウィーラスが突然、大きな音を立ててテーブルを叩《たた》いた。

「いい加減にしてもらいたい！　モルヴァーンなど信じてはならぬ国ですぞ。国を強くするために兵士をもっと集めなければ！　今のままでは脆弱《ぜいじゃく》すぎる。それに、もっと強力な武器も必要だ！」

ウィーラスは白髪交じりの初老の男だ。父王よりも年上で、重臣の中で一番権力を持ち、特に父王を裏から操っていた人物だった。モルヴァーンとの戦いを進めたいらしく、ラーナを娶る計画は邪魔だったに違いない。

一人の重臣がウィーラスに反論する。

「しかし、そんな必要があるでしょうか？　ラーナ姫が陛下の妃《きさき》になれば、モルヴァーンもおいそれと攻め込んではこないでしょうし」

「そうかな？　ラーナ姫を簡単に差しだしたことが怪しいとは思われぬかな？　これは罠《わな》ではないかと、私は思いますが……」

　ウィーラスがちらりとヴィンセントのほうを見る。すると、重臣全員の目が自分のほうに向けられた。

　ヴィンセントはにっこりと笑った。すると、彼らは一斉に目を丸くする。モルヴァーンの王女との結婚を決めたのはヴィンセントなのだから、ウィーラスの意見に不快な表情をすると思われたのだろう。

「宰相はラーナ姫がお気に召さないようだな？」

「まずモルヴァーンが信用できないということがあります。それに、あの王女はあまり品がない。陛下に対して礼儀正しいとは言えないような振る舞いをしていました」

　確かに彼女は自分との正式の面会で大きな声を出し、ちゃんとした挨拶《あいさつ》もできないようだった。だが、自分の部屋に閉じこもってばかりの変わり者の姫だと聞いていたから、あんなものなのだろう。

　もし、ウィーラスがヴィンセントに短剣を向けてきた彼女を見ていたら、どんなふうに思ったことだろう。

　ヴィンセントは彼女のことを思いだし、クスッと笑う。

「あれくらいのほうが私に合うだろう。私も礼儀知らずだからね」

軽くそう言うと、ウィーラスはムッとしたように唇を引き結んだ。

彼は自分の娘をヴィンセントの妃にしようと企《たくら》んでいたらしい。いや、正確に言うと、次の国王の妃にさせようと思っていた。つまり、ニコラスと結婚させて、将来、自分が義理の父親としてこの国のすべてを握るつもりだったのだ。

元々、モルヴァーンを侵略し、大昔のようにひとつの国にしたいという野望があるようだったが、娘を結婚させることに失敗したので、余計にモルヴァーンが憎くて仕方がないのだろう。

そんな個人的感情で兵士を増やそうなどと……。とんでもない奴だ。

増やした兵士で、モルヴァーンに何か仕掛けるつもりなのだろうか。和平交渉をしたのはヴィンセントであり、そんなことは絶対に許すわけにはいかない。

「宰相に訊《き》きたいことがあるんだが……」

「……はい。なんなりと」

ウィーラスは殊勝そうに頭を下げたが、本心からではない。その証拠にずるそうな表情をしている。

「増やしたほうがいいと思う兵士の人数は？」

「敵はモルヴァーンだけではありません。三千、もしくは二千人ほど必要かと」

重臣の中でどよめきが走った。

「兵士を増やすとしたら、その兵士を食べさせるためにどれだけの食糧がいるか判っているのかな？」

「それは……人数に応じて予算を立てなくてはなりますまい」

「もちろん食糧はただではないということだ。兵士に持たせる武器も必要だ。それだけじゃない。服も甲冑《かっちゅう》も支給しなくてはならない。集めた兵士を寝泊まりさせたり、訓練したりするにも金がかかる。これは大変なことだよ、宰相？」

「それは……仕方ありません。何事も犠牲はつきものです。それに、盛大な結婚式を挙げられるのですから、国庫にはそれくらいの余裕はあるものと存じます」

ウィーラスにちくりと嫌味を言われる。しかし、国王の結婚式を盛大にするのは、他国にシルヴァーンの国力を見せつけるためなのだ。そのことは前の会議で了承済みなのだが、ウィーラスはまだ納得していないらしい。そもそも彼はこの結婚に反対なのだから仕方ない。

「お望みでしたら、領主からもっと税を取り立てて……」

「そして、領主は領民からもっと税を取り立てることになる。だが、そんなにたくさんの兵士を集めたら、畑を耕す者がいなくなるんじゃないかな？　兵士に食べさせる食糧どころか、国中が飢えることになるんじゃないか？」

「そんな大げさな！」

「大げさだとしても、生産量が減るのに税を重くしたら、領主が反旗を翻《ひるがえ》すことになるかもしれないな」

ヴィンセントは重臣達を見回して、にっこり笑った。

「そうは思わないか?」

一人の若い重臣がこうべを垂れた。

「陛下のおっしゃるとおりです。私は国の兵士を増やす必要はないように思います。少なくとも、今のところは国を守るのに充分なだけの兵士はいます」

つまり、他国に攻め入るわけでないなら充分なのだ。

ヴィンセントは頷いた。

「私もそう思う。もちろん、油断しているわけではないから、安心してほしい。モルヴァーンに限らず、近隣国の情報は絶えず入るように手配している。不穏な動きがあり、戦いが起きそうになれば、宰相の言うとおりにしよう。だが、今は……必要ない」

ヴィンセントはもう一度、重臣達を見回した。今度は厳しい目つきで。

「異議のある者は?」

誰もいない。ウィーラスも黙っている。ヴィンセントは柔らかい口調で彼に言った。

「次の議題は何かな?」

「……はい。次は城門の一部が壊れている件です。東側の城門が……」

ウィーラスは不機嫌さを隠しきれないようだった。あまり不満を露《あらわ》にするようなら、宰相という役職から下ろしてもいいのだが、それをすれば他の重臣から反発が起こるかもしれない。

だから、今のところはこのまま我慢するが……。

ヴィンセントはまた腕組みをして、重臣達の意見を聞いた。

頭の隅にはラーナのことが浮かぶ。艶《あで》やかな黒髪は美しかった。青い瞳《ひとみ》は感情をそのまま映しだしていて、なかなか面白そうな娘だった。

変わり者の王女ならば、変わり者の国王にふさわしい。

この結婚は必ず上手《うま》くいくだろう。

ヴィンセントはそう思った。


リアーナは本当に困っていた。

ただほんの少しの間、ラーナの身代わりになるだけのつもりだったのに、どうして結婚までしなくてはならないのだろう。

だが、偽りの身分のまま嫁ぐことは許されない。かといって、自分ではもうどうしたらいいのか判らなくなっていた。絶対に逃げだせないように見張られているし、散歩をしたいと言えば、女官達がぞろぞろと後をついてくるのだ。

もう、どうしようもないわ……。

リアーナはセザスを部屋に呼び寄せた。どうにかして、彼に本当のことを判ってもらわなくてはならない。そうしなければ、モルヴァーンという国がとんでもない目に遭《あ》うことになる。

だって、王女が偽者だなんて！

もし、ばれたら自分が牢屋《ろうや》に入れられるだけでは済まないかもしれない。軽い気持ちで王女と立場を交換したことを、リアーナは後悔していた。

もちろん恋人と引き裂かれて結婚しなければならないラーナは気の毒だとは思うけど。少なくとも、自分がこういうことに関わってはいけなかったのだ。

「姫様、お呼びでしょうか？」

ゆったりとした長椅子《ながいす》に座るリアーナの前で、セザスは跪《ひざまず》いた。

「大切な話なの……。どうしても、あなたに聞いてもらわなくてはならないのよ」

リアーナは真剣な顔でそう言うと、女官達に部屋から出ていくように言った。セザスは眉《まゆ》をひそめたが、リアーナはどうしても必要なことなのだと言って、自分の意見を通した。

女官達が出ていって、セザスは咳払《せきばら》いをした。

「さて、一体どんな大切な話があるのでしょう？　結婚したくないという我儘《わがまま》はもう通りませんよ」

「ねえ……セザス。あなた、本当はおかしいと思っているはずよ。わたしがラーナ姫じゃないかもしれないと疑っているはず……」

セザスはギクリとした顔になったが、すぐにまたいつもの無愛想な表情に戻った。

「まさか、あなた様がラーナ姫でないなどと……。そんなことはあり得ません！」

「それがあり得るのよ。ラーナ姫に会ったとき、驚いたわ。だって、そっくりなんですもの。まるで双子みたいに」

「双子……？」

セザスの瞳の中を何かが過《よ》ぎった。

「もちろん、わたしと隣国の王女様が双子なわけはないって判っているわ。わたしはただの田舎娘《いなかむすめ》なの。たまたま逃げていたラーナ姫と出会って、彼女が可哀想《かわいそう》になって服を交換したのよ。ねえ、本当は気づいていたんでしょう？　結婚したくなくて、わざと奇妙な振る舞いをしていたわけじゃなくて、本当に王族の礼儀作法や習慣なんて知らないのよ」

「いや……いや、あなた様はラーナ姫です！　そんな嘘《うそ》を言ってはなりません！」

セザスはどうやら信じたくないらしく、激しく否定する。

王女が偽者だと信じたくないという気持ちは判る。偽者の王女とシルヴァーン国王との婚礼は三日後に迫っているのだ。今更『別人でした』というわけにはいかない。

だからこそ、セザスには理解してもらいたかった。リアーナがラーナではないことを。

そして、力を貸してもらいたかった。このままでは両国の平和にもひびが入ってしまう。

「お願い。助けてほしいの。わたしはほんの一時、ラーナ姫のふりをして、すぐに逃げだすつもりだったのよ。王都まで……お城まで入り込む気はなかったの。わたしは田舎育ちだから、そのうち絶対に本物の王女ではないことがばれてしまうわ。そうなったら……」

セザスは真っ青になった。

「そうなったら……おしまいです。戦いが起きてしまう。それだけではない。あなたは捕らえられるし、私達も……ただでは済まない。偽者を王女に仕立て上げたと思われて……」

リアーナは大きく目を見開いた。

その可能性は考えていなかった。セザスや他のお付きの者達も協力者だと考えられて、ひどい目に遭わされるかもしれない。

「ごめんなさいっ。わたし……あまりにも軽い考えで入れ替わってしまったわ」

「いや、あなたのせいだけではない。私達にも責任がある。内心おかしいと思いながらも、そんなはずはないと思いたかった。だから、見過ごしてしまった。せめて、王都に来るまでにちゃんとそれを認められていたら……」

彼は苦悩していたが、改めてまじまじとリアーナの顔を見つめる。

「あまりにもそっくりだ。似すぎている……」

「でも、生まれも育ちも違うから、いずれ判ってしまうわ。わたしが田舎娘だと」

「確かにあなたの礼儀作法は王女としては完璧《かんぺき》ではない。だが、ただの田舎娘にも思えない。ある程度は身についているようだし、教養もまったくないわけではないようだ」

「実は……領主夫人の侍女をしていて……。わたしは領主夫人に拾われたんです」

「拾われた？」

セザスは眉をひそめた。

「あなたの名前は？」

「リアーナです」

「リアーナ……。そうですか」

彼は何か考え込んでいるようだった。そして、やがて顔を上げた。

「ラーナ姫が心配です。どこでどうしているか……。世間のことなど何も判らないから、今頃、悲惨な目に遭っているかもしれない。もし、どこにいるのか判るなら、教えていただけないでしょうか？」

セザスはまるで父親みたいに、本心からラーナのことを心配しているように見えた。けれども、リアーナはラーナの行く先を教えていいのかどうか判らなかった。

「ラーナ姫は……若い男性と一緒でした」

「なんですって？　姫はその男のことを……」

「恋人だと言っていました。だから、結婚が嫌だったんです」

「それならそうと言ってくれればよかったのに。いや、これは両国の平和のためだ。相談されてもラーナ姫の意に沿うようにはできなかったでしょう」

リアーナは頷いた。結局、ラーナがシルヴァーン国王に嫁がなければ、どうしようもなかったのだ。

しかし、ラーナが犠牲になるのは、あまりにも可哀想だった。他に方法がなかったのだろうか。

「その男は誰だったんですか？　名前はなんと……？　行く先に心当たりは？　あなたとはどこで出会ったんです？　あなたはどこの領主夫人の侍女だったんですか？」

矢継ぎ早に質問されたが、リアーナは躊躇《ためら》った。セザスに情報を与えたら、ラーナは連れ戻されるだろう。

「わたし……何も……」

「お願いです。姫様を放っておくわけにはいきません。姫には王女としての責任があります。それを放棄して逃げることはしてはならないのです。けれど、それは抜きにしても、姫様が城以外のところで生きていけるとは思えない。どうか教えてください！」

セザスに懇願されて、リアーナの心は揺れた。自分もラーナがどうなるのか、少し不安を覚えたのだ。

「ラーナ姫の恋人は公爵の息子だと言っていました。彼の乳母が近くの村に住んでいるから、そこへ行くと……」

リアーナは彼女達と出会った場所を話した。

「やっぱり、ラーナ姫を連れ戻すんですか？　彼女は恋人と引き裂かれてしまうんでしょうか？」

「我々は公爵の息子には手出しできませんが……。王がなんと言うかは判りません。それに、この結婚をどうするか……」

結婚式は三日後なのだ。それまでにラーナを連れ戻すことは不可能だろう。

「仕方ない。あなたが代わりに結婚してください」

「ええっ？」

あっさり結婚しろと言われて、リアーナは仰天《ぎょうてん》した。

「だって……わたしは偽者なんですよ？」

「今はまだばれていません。なんとか努力して、シルヴァーン国王にばれないようにしてください」

「そんな……。だって……無理よ。わたし……」

リアーナの脳裏《のうり》にはヴィンセントにキスされたことが甦《よみがえ》った。偽者の王女として嘘の結婚式をするなんて、あり得ない。もしばれたら、今の段階でばれるよりもずっと罪が深いことになってしまう。

牢《ろう》に入れられるだけでなく、処刑されてしまうかもしれない。国王を謀《たばか》った罪で。

「あなたが結婚せずに逃げたら、私達も罪に問われます。それどころか、国王は怒って、モルヴァーンに攻め入るかも……。きっと、両国が多くの命を失います。そうなってもいいんですか?」

そんな……。

わたしの肩に両国民の運命まで乗せられてしまった。そんなことを言われたら、断りづらい。

「そうだわ。ラーナ姫を連れ戻すまで、わたしが病気になったことにすれば、結婚式は延期されるはずよ!」

「あなたにそんな演技ができるとは思いませんが。それに……姫様は抵抗するでしょう。恋人と引き裂かれて、すぐに結婚なんてできると思いますか? あなたは姫様が可哀想になったから、身代わりを申し出たんでしょう? それなら、姫様に対し慈悲の気持ちがもう少し残っていることを、私は期待しますが……」

回りくどい言い方だ。つまり、ラーナ姫を可哀想に思うなら、身代わりになった責任を取って、嘘の結婚をしろと言っているのだ。

でも、わたしが自分から身代わりを申し出たわけではなく、頼まれて引き受けただけなのに。

けれども、そんなことを言ったところで、セザスは許してくれないだろう。今更、後には引けないのだから、突き進むしかないのだ。どんなに嘘塗《うそまみ》れであったとしても。

リアーナは切ない気持ちになった。

「……判ったわ。ラーナ姫が戻るまで、身代わりをすることにします」

仕方なく嫌々ながらそう答えたのだが、セザスはほっとしたように立ち上がった。

「そういうことなら、私も協力します。あなたが身代わりだとばれないようにね。その間にラーナ姫の行方《ゆくえ》を捜させますから」

ラーナが見つかるのも可哀想だが、見つからないままなのも幸せなことなのかどうか判らなかった。

王女様に庶民の暮らしなんて、やっぱり無理よね。庶民のわたしに王女の身代わりが無理なように。

わたしとそっくりのラーナ姫……。あなたはどこへ行ったの？

リアーナは盛大な溜息《ためいき》をついた。

三日後、予定どおり結婚式が行われた。

偽りの花嫁。嘘の結婚式。

城壁の中に大きな礼拝堂があり、真っ白の豪華なドレスに身を包んだリアーナは、疼《うず》く良心を宥《なだ》めながら永遠の愛を誓った。

まったく、神への冒瀆《ぼうとく》だわ！

ラーナの名前で別人が愛を誓ったのだから。この結婚は本物ではないし、ただちに無効にするべきものだ。だからといって、今のリアーナの立場で異議は申し立てられない。黙っているしかなかった。

ヴィンセントもまた白い衣装に身を包んでいる。リアーナのドレスの裳裾《もすそ》は長く、ベールもまた恐ろしく長かったが、彼がつけている純白のマントの裾も床に長く伸びている。

彼はリアーナの指に王妃の印である代々伝わる指輪をはめてくれた。大きな宝石がついている美しい指輪だ。リアーナはそれを見つめながら、徐々に自分が混乱していくのが判った。

嘘の結婚式なのに、まるで本当に自分が彼の花嫁になったような気がしてきて……。

「妃にキスを」

司祭の声にはっと顔を上げた。すると、ヴィンセントがリアーナのベールを上げた。花婿衣装に身を包んだ彼はいつもより立派に見えた。いや、彼とは会って間もないから『いつもの彼』のことはよく判らないが。

少なくとも、リアーナが最初に会ったときの彼とはまったく違う。

彼はリアーナをじっと見つめる。あまり長く見つめてくるので、リアーナは頬《ほお》を赤く染めた。

「緊張しているね？」

「ええ……」

「心配ないよ。何も心配することはないんだ」

彼は安心させるように優しい声で言うと、リアーナの両肩に手を置く。そして、そっと顔を近づけてきた。

柔らかい唇の感触に、ドキッとする。

だが、すぐに唇は離された。周りの席からたくさんの拍手が聞こえてきた。この国の貴族や主だった領主と夫人達が招かれている。だが、幸いにもリアーナがよく知っている領主はいないようだった。

ラーナの両親もいない。招待されたかどうかリアーナは知らないが、モルヴァーンとは最近まで諍いが絶えなかったのだし、和平を結んだとはいえ国王夫妻がわざわざシルヴァーンの王都まで出向いて結婚式に出席することはないだろう。そのことは替え玉になっているリアーナにとっては都合がよかった。

もし、ここで『おまえはラーナではなくリアーナだ』と叫ばれたら……。

ぞっとする。どうせばれるにしても、たくさんの人がいる前で糾弾されたくない。こんなところで衛兵に捕まえられて、牢に連れていかれるのは絶対に嫌だった。

「ラーナ……」

ヴィンセントがリアーナの手を取る。彼に触れられるだけで、リアーナの心は波立ってしまう。

わたしは偽者の王女から偽者の王妃になってしまったのね……。

彼の手の温《ぬく》もりを感じながらも、リアーナの心はこれからのことで不安でいっぱいだった。

戴冠式《たいかん》では、リアーナの頭の上に冠が載せられた。

そのことで、ますますリアーナは追いつめられた気持ちになった。ラーナの代役を務めることを承知したせいで、ここまで嘘をつかなくてはならないのだ。このまま一生、嘘をつき通せるかと言われれば、それは無理だと思う。

だって、わたしは王女として育ってきたわけではないからよ。

セザスはリアーナの挙式を見届けたら、すぐに帰国するはずだったが、責任を感じて城に残ると言ってくれた。それ以上に、リアーナがぼろを出さないように見張るつもりだろう。

とはいえ、それだけが心の支えだ。たとえセザス一人でも、本当のことを知っていてくれれば、なんとかこの状況に耐えられる気がした。いや、正確には一人ではない。セザスの口から、侍女のメルには知らされた。メルは最初は驚いていたが、彼女もまた何かおかしいと感じていたらしい。

そうよ。判る人には判るものなのよ。いくら顔がそっくりでも、生まれや育ちが違うんだから。別の人間なんだから。

メルはラーナとジャイルズが密会していたのは知っていたが、結婚の準備を始めたときには何も言わなかったので、彼のほうが身を引いたのだと思っていたらしい。それでも、ラーナがおかしな行動を繰り返して、なんとか結婚から逃れようとしていたことには辟易《へきえき》していたようだ。

ともあれ、リアーナがラーナではないと判った上で、二人はリアーナの振る舞いがおかしいときには、すぐに手助けしてくれるようになった。

でも……。

彼らが傍にいないときは、どうすればいいのだろう。たとえば、例の貴婦人の塔では。

ああ……できないわ。初夜なんて。いくらラーナの代役でも無理よ！

戴冠式の後に大広間で披露宴が行われている間、リアーナはそのことばかり考えてしまい、落ち着かなかった。

今、リアーナは玉座に座るヴィンセントの隣の椅子に座り、異国から来た女性達によるお祝いの舞を眺めていた。もちろん招待された客にはご馳走《ちそう》や酒が振る舞われ、みんな楽しそうに歓談していた。中には羽目《はめ》を外して、音楽に合わせて勝手に踊りだす者も現れる。

リアーナ自身は目の前にあるご馳走にも食欲は湧《わ》かなかった。

本当にリアーナがリアーナとしてヴィンセントと結婚したのなら、まだいい。いや、彼と結婚したいわけではない。ただ、どうせならラーナの身代わりではない結婚のほうがまだよかった。

こんなにもたくさんの人々を騙《だま》しているという罪悪感は消えない。ラーナと入れ替わったことを今まで何度も後悔していたが、招待者の盛り上がりようを見ていると、ますます罪の意識は強くなってくる。

「姫様……そろそろ……」

メルと他の女官達がリアーナを立ち上がらせた。重い王冠はもうつけていないが、ベールや裳裾がこんなに長くては、誰かの助けを借りなければ歩くことすらできそうになかった。

リアーナはメルに小さな声で尋ねた。

「わたしはこれからどうすればいいの？」

「……貴婦人の塔に行くことになります」

リアーナは息を呑《の》んだ。

「こんなに早く？　宴《うたげ》の最中じゃないの」

「王妃様はもう退出していいのです」

リアーナは狼狽《うろた》えた顔をヴィンセントに向けると、彼は小さく頷いた。彼は自分の結婚式くらいは真面目な顔を装《よそお》っているようだ。いつもなら、きっとリアーナをからかっていたことだろう。

「さあ、姫……いいえ、王妃様」

促されて、仕方なくリアーナは彼女達と大広間を退出した。

喧騒《けんそう》から逃れられて、少しほっとする面もあったが、貴婦人の塔に向かうのは気が進まない。行きたくないとごねたかったが、そんなことをしたら女官達は困るに違いない。

貴婦人の塔へは一旦《いったん》、外に出なくてはならない。中庭を横切り、少し歩いていくと、塔の扉が開いている。いつもここには衛兵がいるのに今夜はいないのだろうか。

今夜は特別……。そういうことなのか。

リアーナは緊張しながら塔の中に入った。螺旋《らせん》階段を上がっていき、彼女達が誘導する部屋に入った。そこには大きな桶《おけ》があり、中には湯が入っていた。つまり、身体《からだ》を洗うためのものだ。

リアーナはそこでドレスを脱がされ、髪を梳《す》かれ、身体を洗われた。というより、身を清められたのだ。それから身体を拭《ふ》かれ、夜着を着せられる。夜着にしてはレースの飾りがついていてずいぶん豪華だ。リアーナはもうどうしようもなくて、彼女達のなすがままだった。

夜着の上に赤いショールを羽織《はお》ると、今度は塔の一番上の部屋へと導かれた。

そこは寝室で、大きな四柱式のベッドがあるのを見て、リアーナは今すぐにでも逃げだしたくなった。蠟燭《ろうそく》はつけられているものの、どこか頼りない光で、ほの暗い部屋に思える。

わたしはここで……。

いいえ、無理よ！

リアーナはそう思ったが、女官達に促されて、寝室に足を踏み入れた。ただ一人、リアーナが偽者だと知っているメルだけが不安そうな顔をしていた。

「わたくし達はこれで失礼致します。すぐに国王陛下がいらっしゃいますから」

彼女達はリアーナを一人残して、去っていった。

リアーナは落ち着かず、うろうろと部屋の中を歩き回った。

この部屋には鍵《かぎ》がある。いっそ鍵をかけて閉じこもろうか。いや、そんなことをしても意味はない。ヴィンセントがいくら微笑んでみせても、彼には二面性がある。決して優しいわけではないのだ。初夜に寝室から締めだされて、黙っているような男ではないことは判る。

猛々《たけだけ》しいわけではないが、一筋縄《ひとすじなわ》ではいかない男だと、リアーナは思っていた。

しかし、ラーナの身代わりで、彼とこのベッドで寝るわけにはいかない。キスやそれ以上のこともされてしまうからだ。

それがどんなことなのか判らない。女官達はクスクス笑いながら、怖がることはないのだと言ったが、それを信じることはできなかった。ただ、国王に身を任せていればいいだけだと言われても、本当の夫婦でもないのにそんなことはできない。

わたし達が偽りの夫婦であることを、彼は知らないから……。

ここから逃げだしてしまおうか。今夜は披露宴で騒がしいし、人の出入りもある。衛兵達もどこかで酒を飲んでいるかもしれない。どことなく祝いの雰囲気に流されて、今夜は張りつめたものが感じられなかった。

そうだわ！　今夜が逃げだす最大のチャンスなんだわ！

リアーナは自分の服装を見た。夜着にしてはとても凝った服で、このまま外に出てもおかしくない。

扉をそっと開けて、耳を澄ます。しんとしていて、誰もいないようだった。

ヴィンセントが来る前に、逃げてしまおう。

リアーナは忍び足で、それでもできるだけ速く螺旋階段を下りた。衛兵がいないのは新婚夫婦を二人きりにするためだろうか。とにかく、理由はなんでもいい。自由になるためには都合のいいことだ。リアーナは暗い中庭へと足を踏みだした。

外は満月が出ていて、明るかった。だが、庭を進んでいくうちに、雲に隠れて暗くなってくる。

リアーナは急に怖くなってきた。

城の中には灯《あか》りがついているものの、中庭まで照らしているわけではない。物陰に何かが潜《ひそ》んでいるような気がして、足が進まない。しかし、ぐずぐずしていたら、ヴィンセントがリアーナの逃亡に気がついてしまう。

勇気を振り絞って、記憶にある中庭を頭に描いて、歩いていった。薄着でいると少し寒い。ショールを身体にギュッと巻きつけ、進んでいく。

ふと、リアーナは後ろに何かの気配を感じた。

誰かがわたしの後をつけている……?

慌てて駆けだすと、すぐ後ろから足音が迫ってくるのが聞こえてくる。突然、誰かに腕を摑《つか》まれ、恐ろしさに悲鳴を上げかけたが、口を塞《ふさ》がれた。

力を振り絞って、その手から逃れようと身をよじる。

すると、耳元で男の声が聞こえた。

「ラーナ……私だ」

ヴィンセントの声だった。リアーナは動きを止める。

何故だか、リアーナはほっとしてしまう。彼に見つかるのは都合が悪いはずなのに。だが、見知らぬ男にこんな乱暴な真似《まね》をされるのは怖かった。ヴィンセントなら、そんな恐ろしい目に遭うことはないと思ったのだ。

少なくとも、リアーナをラーナだと、彼が思い込んでいる間は。

もちろん偽者と判れば、彼は容赦しないだろう。いくら彼がおかしな格好をして、ふらふら城の中を歩いていても、国王として公務をちゃんとこなしているようだ。だとすれば、決して甘い人間ではないはずだ。

ヴィンセントはリアーナの口を塞いでいた手を放した。そして、リアーナの身体を自分のほうに向ける。

そのときになって、急に月が出てきた。さっと明るくなり、ヴィンセントの顔が見えた。

彼はまだ結婚式のときの衣装を身につけていて、マントが風に翻っている。金色の髪に縁どられた顔はやや強張《こわば》っていた。

「君はまた逃げようとしていたんだな？」

「それは……」

「貴婦人の塔に行こうとしていたら、君がこそこそと歩いているのが見えた。まさかと思ったよ。結婚したばかりで初夜を迎えるはずの花嫁が逃げだそうとするなんて。自分の目を疑ったが、やはり見間違いではなかったようだな」

嫌味たっぷりに言われたが、リアーナには反論できなかった。

リアーナは偽者でありながら、モルヴァーンという国を背負っている。背負う義理などないはずだが、ラーナの身代わりを承諾したときに、背負うことになってしまったのだ。そして、結婚したばかりで逃げだすことは、モルヴァーンを危機に晒《さら》すことでもあったのだ。

初夜が怖くて、それを忘れるところだった……。

自分が逃げたら困る人達がたくさんいる。セザスやメルなど、ラーナに付き添ってこの国に来たモルヴァーンの人達だけではなく、モルヴァーンの国民すべてに災いが降りかかることになるかもしれないのだ。

そうよ。わたしは自分のことだけ考えていてはいけないんだわ……。

理不尽だが、そういうことになってしまったのだ。リアーナは泣きたい気持ちになり、途方に暮れた顔でヴィンセントを見つめた。彼はふと眉をひそめた。

「君は……私が嫌なのか？」

「そ、そうじゃないわ」

それはリアーナの本心だった。こんな状況に追いつめられたものの、彼のことが嫌いだとは思わない。それは彼のことを何も知らないからかもしれないが、嫌いという感情は湧いてこなかった。

最初に会ったときのことを思いだすと、とんでもない人のように思えたが、それが正解かどうかも判らない。

「それなら何故、そんなに逃げだそうとする？」

「だって……怖かったから」

実際、リアーナがどうしても逃げなくてはならないと考えたのは、そういう感情からだった。ベッドを見ているうちに、恐ろしくなってしまったのだ。

彼は表情を和らげた。

「なるほど。怖かったのか。無垢《むく》な姫君は怖がるものだ。だが、心配しなくていい」

そう言われても、心配に決まっている。彼はリアーナの置かれた状況を正確には判っていない。リアーナは自分が偽者なのに初夜を迎えることが怖いのだ。

だって、彼は本当のわたしの夫ではないんだもの。そして、わたしは彼の妻ではないのよ。

そんな二人が結婚式を挙げることも許されないが、二人で同じ寝室を使い、同じベッドで朝まで寝るなんて罪深いことだ。

しかも、初夜はただ寝るだけではないんでしょう？

そう考えると、すぐに逃げたくなってくる。けれども、逃げられない。物理的にも精神的にも逃げることはできなかった。

ヴィンセントはリアーナの頬を両手で包み、じっと見つめてくる。月明かりが彼の端整な顔を照らしている。間近で見つめられて、ドキッとした。

なんて綺麗《きれい》な男の人なの……。

今更かもしれないが、月の光に照らされた彼の顔は彫像のように整っていた。

「君は……とても美しい」

「あなたも……」

彼はふっと笑った。

「私が美しい？　男なのに？　そんなふうに言われたのは初めてだ」

「そうなの？　でも……わたしの目にはすごく綺麗に見えるの」

リアーナは無意識のうちに手を伸ばして、彼の金色の髪に触れていた。髪だけでなく、顔や身体にも触れてみたい。彼の頬を撫《な》でたら、どんな顔をするだろうか。

怒るかしら？　それとも……？

ヴィンセントはそっと顔を近づけてくる。キスされると判っていたが、リアーナはよけなかった。

だって、この月明かりの下では、こんなキスをされるのが当然のような気がしたから。

唇が重なる。

これは三度目のキスだ。けれども、結婚式でのキスとは違い、唇を合わせただけでなく、舌もリアーナの口の中に忍び込んできた。

こんなキスをされたのは三日前のことだった。あれからリアーナの頭の中にはこのキスのことが常にあったと思う。

もう一度、キスしてみたいって……。

相手は誰でもいいわけではない。ヴィンセントとキスしたかった。

ああ、彼はラーナの夫なのに……。

けれども、彼の唇や舌がリアーナを愛撫《あいぶ》するように動くと、なんだか気持ちよくなってきて、頭がボンヤリしてきた。

月明かりのキスはあまりにもロマンティックだ。だから、きっとそのせいだ。彼にキスされて、まるで彼から愛されているような気がしたが、そうでないことはお互いに判っている。これはただの政略結婚なのだ。

リアーナはいつしか自分が本物のラーナになったように、彼のキスに応えていた。そうせずにはいられなかった。彼の舌に口の中を蹂躙《じゅうりん》され、自分の舌をからめとられて、何もしないではいられなかったのだ。

たとえ、彼がリアーナの反応にどんな解釈をしたとしても。

口づけを交わしているうちに、身体の中に小さな炎が生まれた気がした。そして、それがすぐに全身に広がっていく。

彼のキスにはこんな威力があるのだ。リアーナは何も知らなかった。キスがどんな影響を与えるかについて、あまりにも無知だった。

彼はリアーナの髪を撫で、それから背中に手を回して、しっかりと抱き締めてくる。まるで、リアーナを捕らえているかのようだった。

そうよ。わたしは彼に捕らえられてしまったのよ……。

身体が震えたが、それは寒いせいではなかった。怖いからでもない。ただ、彼のキスがあまりにも自分の心の内まで溶かしていくような気がしたからだ。

キスとはこういうものなのだろうか。誰とキスしても、こんなふうになるものなのか。

それとも、彼が特別なの……？

彼の容姿は美しい。だから、惹《ひ》かれてしまうのかもしれないが、外見以上に彼の二面性

が、リアーナは気になっていた。そんな人には初めて出会ったのだ。愛想《あいそ》よくして油断させておいて、後からガブリと噛《か》みつくような荒々しさがある男性など、リアーナは会ったことがなかった。

特に、国王でありながら、国王らしくない格好をしていたことも……。

彼は複雑な人間なのだ。もしリアーナが彼の本当の花嫁だったなら、彼の心の内に秘められたものを知りたいと思っただろう。いや、今まさにそう思っている。自分は偽りの花嫁でしかないのに、彼のことをもっと深く知りたいと考えてしまっていた。

初夜は怖い。それでも、彼にキスをされて、リアーナは抵抗する気力がもうなくなっていた。

彼はそっと唇を離した。

「……行こう」

どこへ、とは訊かなかった。彼はリアーナの肩を抱いて、貴婦人の塔へと連れていく。これはきっと運命なのだ。リアーナは抗《あらが》えなかった。

たとえ、本当の花嫁でなかったとしても、自分はこうなる運命だったに違いない。だとしたら、逆らっても仕方のないことだ。自分はこのまま流されるしかない。それに、自分の国でないにしろ、やはりモルヴァーンの人々に影響が出るのを放っておくわけにはいかなかった。

リアーナは塔の寝室に戻っていた。ヴィンセントが扉を閉める音を聞き、はっと身体を強張らせる。蠟燭の灯りはついたままで、大きなベッドを照らしていた。

彼はマントを外すと、傍らの長椅子の上に落とした。そして、リアーナのほうに視線を向けた。彼の熱い眼差《まなざ》しに、リアーナは頰が熱くなる。彼はリアーナを目で貪《むさぼ》っているみたいだった。

彼はどうしてわたしをこんな目で見ているの？

まるで猛獣が獲物を見つめるような目つきだ。リアーナはさっきとは違う意味で逃げだしたい衝動を覚えた。

「心配ない」

とても、そんなふうには思えない。リアーナはショールを身体にきつく巻きつけた。彼はその仕草を見て、ふっと笑う。

「怖いことはしない。乱暴なこともやらないと誓う」

彼はそう言いながら、リアーナの傍に近づいてきた。

怯《おび》える仔馬《こうま》を宥めるみたいなことを言われている。実際、リアーナは神経質になっているようだった。

だって、初夜なんて初めてなんだもの。

もちろん初めてだから初夜というのだが。それに、リアーナはラーナの代役なのだ。

ラーナはきっとあの公爵の息子と結ばれているのだろう。どこかでひそかに結婚式を挙げたかもしれない。

「さあ、おいで」

ヴィンセントはラーナの手を取り、ベッドへと向かった。二人は並んで腰かける。ヴィンセントの手がリアーナの腰を抱いた。

リアーナはドキッとする。自分は今、夜着とショールしか身につけていないことを思いだしたからだ。彼も判っているだろう。この夜着はなかなかしっかりとした生地で作ってあるが、それでも夜着は夜着だ。触れば、下に何も着ていないことはすぐに判ると思う。

「身体の力を抜くんだよ」

彼はそう言いながら、リアーナの腰の辺りを撫でた。リアーナは身体をずらして、なんとなく逃げようとしたが、すぐに元の位置まで戻される。

「あ、あの……」

彼の手の温《ぬく》もりが何故だか焼けつくように熱く感じられる。まるで、直接、肌に触れられているみたいだった。

「ラーナ……」

自分ではない名前で呼ばれて、リアーナは身体を強張らせた。だが、唇を塞がれると、身体から力が抜けていく。

どうして彼とのキスはこんなにも自分を陶然とさせるのだろう。他のことが考えられないくらいに、頭の中がふわふわとしてきて、気分が高揚してくる。

これが……こうなることが運命だからなの？

リアーナの身体は彼のキスによって、すっかり蕩《とろ》けてきてしまう。

もう、彼のこと以外はどうでもよかった。どうして、自分がそんな気持ちになるのか判らない。何かの魔法にでもかかったかのように、リアーナの心は彼に惹きつけられていた。

気がつくと、リアーナは彼の背中に手を回していた。二人はいつの間にか抱き合っている。

やがて彼は唇を離したが、顔はすぐ近くにあった。

「君は……不思議だな。他の女とは違う。君とのキスはひどく刺激的だ」

他の女性の話なんて聞きたくなかった。彼が他の女性とキスしたことがあると知って、胸の中が嫉妬《しっと》のような感情でいっぱいになってしまう。

嫉妬する資格もないというのに。

彼はリアーナのものではないからだ。それに、彼は健康な大人の男性だ。結婚する前に他の女性とキスしたことがあっても、不思議ではなかった。

だって、こんなに美しい容姿の持ち主なんだもの。

周りの女性が放っておくはずがない。王族や貴族は別かもしれないが、リアーナの村では容姿のいい男性には女性が寄っていた。

でも……やっぱり嫌よ。

まったく正当な根拠がなくても、やはり彼は自分のものだという独占欲が湧き起こってきてしまう。

だが、ヴィンセントにベッドに寝かされ、上から覆いかぶされると、ドキッとして、嫉妬することも忘れていた。

彼はリアーナの顔を見ると、ふっと微笑んだ。そして、優しい仕草でリアーナの額《ひたい》にかかっていた前髪をかき上げる。

「怯えることはない。身体を楽にして……」

額にキスをされ、瞼《まぶた》の上や頬にも口づけられる。まるで愛されているみたいに思ってしまう。

もちろん、二人の間に愛なんてものはない。ヴィンセントにとって『ラーナ』は政略結婚の相手でしかない。そして、リアーナは彼に対して愛を感じるほど、彼のことを知らなかった。

愛がなくても、こんなことはできるのね……。

顎《あご》にキスをされたかと思うと、首筋に沿って唇を這《は》わせられた。それから、胸元にもキスをされる。

これから何をされるのかと怯えていたリアーナにしてみれば、こんなに穏やかで優しいキスを続けられると、拍子抜けの気分になってくる。やがて、身体から力が抜けてきた。

彼は悪い人ではないわ。たぶん。

本当のところは判らない。彼の物腰が柔らかいからといって、いい人とは限らないだろう。彼のことは何も知らないに等しい。

それでも、理屈ではない何かが彼を悪い人ではないと感じさせていた。

ひどい人なら、わたしの不安を宥めようとはしないはずだもの。

彼の手がそっとリアーナの胸の上に置かれる。夜着の上からだが、ドキッとする。今まで誰もそんなふうに触れてきた人はいないからだ。

何もかも初めてで……。

それなのに、リアーナはもう彼から逃げたいとは思わなくなっていた。

逃げられない、いや、逃げてはいけないと判っている。しかし、そうではなく、逃げたいとは思わないのだ。

彼が自分にしていることは、決して痛いことでも怖いことでもひどいことでもない。それが判ったからなのだろうか。

彼がゆっくりと夜着の上から掌《てのひら》を動かし、撫でていることに、リアーナはいつしかうっとりしていた。

彼の体温が胸に伝わってくる。じんわりと温かくなり、同時にゆっくりと気持ちよくなってきてしまう。

「あ……」

指で乳首の辺りを摘《つ》まれて、リアーナは思わず声を出した。

「感じるかい？」

「か、感じるって？　そんなの……よく判らない……」

「では、試してみようか」

彼は両手をリアーナの胸に置き、両方の乳首を指の腹で撫でていく。途端に、何故だかお腹《なか》の中が熱くなってくるような感覚が込み上げてきた。

何……？　これはなんなの？

リアーナは戸惑った。夜着の上からの刺激なのに、自分の身体がこんな反応をするとは思わなかった。

これが『感じる』ってことなの？

いつもと違う自分になってしまっている。リアーナはそれが怖くもあり、新鮮な驚きでもあった。

次第に息遣いが荒くなってきてしまう。時々、吐息のようなものまで洩《も》らしてしまい、身体が徐々に熱くなってくるのが判った。

彼の指が一枚布を隔てているのが、なんだか物足りなくて……。

直接触れられたら、一体どうなるのだろう。恥ずかしいことに、リアーナはそんなことを考えていた。直接なら、もっと気持ちよくなるのだろうか。

それとも……？

リアーナはじっとしていられなくて、身体を揺らした。もどかしげに見えたのか、ヴィンセントはそれを見て笑う。

「もっとしてほしい、と言っているようだよ」

「だ、だって……」

「気持ちいいから。そうだろう？」

畳み掛けるように尋ねられて、リアーナはおずおずと頷いた。彼はまたニヤリと笑う。

「お姫様の言うとおりにしてあげようかな」

彼はリアーナの夜着の胸元にあるリボンをいくつか解《ほど》いた。すると、そこが開いて、胸が露になってしまった。

「いやっ……」

リアーナは頬を真っ赤にして、そこを両手で隠そうとする。しかし、その前に彼に両手をシーツに押しつけられた。

「隠すことはない。君の綺麗な胸を見せてくれ」

「そんな……」

「ダメだと言うのなら……」

彼はリアーナの両手を押さえたまま、顔を胸に近づけていった。そして、胸の中央にキスをした。

じんと身体中が痺《しび》れたような気がする。

さっき布の上から刺激を受けていたが、それ以上の快感がリアーナの身体を襲った。

彼は柔らかな乳房にキスをした。それから、何故だか硬く尖《とが》ってしまっているその頂《いただき》にも、躊躇わず唇をつける。

唇だけではない。そこで動いているのは唇と舌だ。彼はそのふたつを使って、リアーナを愛撫する。

「あ……あっ……あん」

快感を通り越しているようだった。いつしか彼はリアーナの手を押さえるのをやめていた。手は自由になっていても、もう止めることはできない。というより、止めようとすることすら忘れていた。

リアーナの身体がビクンと跳ねる。跳ねたくて跳ねているのではなく、自分の身体の衝動を抑えられなかったのだ。

こんなところが敏感だなんて、自分でも知らなかった。女性なら誰でもこうなるのだろうか。それともリアーナだけが特別なのか。

「は……恥ずかしいっ」

思わず掠《かす》れた声でそう呟《つぶや》くと、彼が尋ねた。

「どうして？　何も恥ずかしいことはない」

「わたし……こんなふうに乱れて……」

ヴィンセントは顔を上げて、リアーナを見つめた。

「それがいいんじゃないか」

「えっ……？」

「取り澄ました女なんかいらない。キスしたらうっとりしてほしい。愛撫したら感じてほしい。君を抱いたときには、私と同じように……」

彼は夜着をずり下げていく。肩からするりと布が抜け、上半身が露になった。たちまちリアーナは真っ赤になる。だが、彼はそれを無視して、両方の乳房を下からすくい上げながら掌で包んだ。

「君の身体は綺麗だな」

「そ、そうなの？」

恥ずかしいのに、褒められると嬉《うれ》しいのは不思議だった。彼はうっとりと自分の手の中にある乳房を見つめている。

「そうだ。肌も白くて滑《なめ》らかで、胸の形も大きさもちょうどいい。だが、いいのはそれだけじゃないな」

「どういうこと？」

「私の愛撫にしっかり応えてくれる。こうしたら……」

彼はリアーナの乳首にキスをした。

「あん……っ」

リアーナの身体がビクッと震えると、彼はクスッと笑う。

「打てば響くような身体だ。私は君みたいな妻を持てて幸せだな」

よく判らないが、彼はリアーナにとても満足しているらしい。リアーナはただ何も判らず、彼の愛撫に乱れているだけだ。

だって、何もかも初めてだから……。

彼は胸以外のところにも触れてきた。身体の線を確かめるように掌を這わせて、肩から腕、胸からお腹、それから腰へと撫でていく。彼はまるで品定めでもしているようだと、リアーナは思った。

そして、わたしは合格なのかしら。

リアーナは彼の奴隷になった気がした。状況はよく似ている。ただ、綺麗なドレスを着て、飾り立てられていても、自由な行動は許されていない。絶対に逃げてはいけないのだ。

彼はやがて夜着をすべて毟《むし》り取《と》ってしまった。リアーナは思わず両脚をしっかりと閉じた。大事なところだけは守らなくてはならないと思ったのだ。しかし、彼がしたいと思ったら、誰も彼を止められない。もちろんリアーナもだ。

彼はリアーナの腰から太腿《ふともも》へと撫でていく。彼の視線が下半身に注がれていて、恥ずかしいけれど、妙にドキドキしてくる。隠さなくてはと思い、両脚をしっかりと閉じようとするのに、何故だかすぐに緩んできてしまう。

彼は何をする気なの……？

わたしの身体全部に触れる気なの？

実際、彼はリアーナの脚にも触れてきた。脚の前を撫《な》で下《お》ろし、爪先《つまさき》から外側を撫でていく。膝《ひざ》のところにきたとき、急に膝の裏に手を入れられて、狼狽《ろうばい》した。

「やだっ……」

彼はリアーナを抱きかかえると、自分の膝の上に乗せた。彼はしっかりと服を着ているのに、自分だけ裸で彼の膝の上にいる。恥ずかしくて、目も合わせられない。

その隙《すき》に彼はリアーナの脚の間に手を差し込んできた。

「あ……やめ……てっ」

大事なところに触られて、リアーナは両脚を閉じようとしたが、もう遅かった。秘部を指で弄《いじ》られると、快感は今までの比ではなかった。

「やっ……ぁぁっ……」

身体が大げさに揺れる。あまりにも強烈すぎて、リアーナは我慢できなかった。

「お願いっ……。そんなところを……触らないで！」

彼はふっと笑う。

「触らなければならないんだ」

「どうしてなの？　どうしてこんなことをするの？」

「これが当たり前なんだ。君は知らないかもしれないが、夫婦は毎晩これをするんだよ」

「毎晩ですって？」

思わず大きな声で訊いてしまった。彼は面白そうに笑う。

「毎晩は言い過ぎかもしれない。ほぼ毎晩。新婚夫婦なら尚更《なおさら》だ」

「じゃ、じゃあ……これが初夜にすることなのね？　みんなこうしているの？」

「そうだ。だから、君だけが特別というわけじゃない」

リアーナは自分が異常ではないと知り、ほっとする。しかし、リアーナは本当は新婦などではないのだ。こんなことをしてはならないと判っている。

でも……もう止められないわ。

自分の身体が妙に熱っぽくなっている。このまま彼に何もかも身を任せて、どこかに導いてもらいたかった。しかし、それ以前に、彼自身も止められそうにないように見える。彼はリアーナの肉体にひどく関心を示している。

それが嬉しいのか、それとも悲しいのか……。

だって、わたしという人間ではなく、わたしの身体に興味を持っているということでしょう？

彼は綺麗だと言ってくれる。彼の愛撫に応えるのがいいと言う。それなら、リアーナの内面ではなく、外側だけを気に入っているということなのだろう。

リアーナは本当の花嫁ではないから、彼が気に入ろうが入るまいが関係ないのだ。けれども、こうして親密な行為をしているというのに、身体だけしか興味を持たれないというのはやはり悲しいことだ。

彼は秘部を指でそっと撫で上げた。なんとも言えない甘い疼きが忍び寄ってくる。リアーナはギュッと目を閉じた。

「こんなに濡《ぬ》れているなんて……」

「え？　濡れて……？」

「自分で判らないか？　ほら……これが感じている証拠だ」

彼は指先をほんの少し秘部の中に滑り込ませた。そして、少し引きだす。それを繰り返すと、確かに濡れているような音がしていた。

「やだ……。わたし……こんな……」

「君はなんにでも恥ずかしがるんだな。だが、まだこんなことは序の口だ」

「え……でも……」

リアーナは充分恥ずかしい目に遭っていると思っていた。これ以上の何があるというのだろう。

彼は指先を徐々に内部にのめり込ませていく。リアーナがそれに気がついたのは、もうずいぶん中に入っているときだった。

「何をしているの？　お願い。指を……」

「すぐに慣れるよ」

指を出してほしいのに、彼は言うことを聞いてくれない。それどころか、指をすっぽりと内部に埋め込んでしまった。

「いやぁ……ぁ……あっ」

彼の指が自分の中に入ってきている。それが怖かった。どうしてこんなことをする必要があるのだろう。それが判らない。

それでも、彼に指を出し入れされているうちに、リアーナは徐々にその部分がもっと潤んできたのが判った。

「わたしの身体……変よ」

「どんなふうに？」

「熱いの。な、なんだか……お腹の中が疼くような……変な感じがして……」

「いいぞ。もっと感じるんだ」

彼はリアーナに軽くキスすると、指をもっと出し入れしていく。リアーナはやがて彼の身体にしがみつくようにして、強すぎる快感に耐えていた。

「も、もう……」

「もうダメ？　限界？」

優しく尋ねられて、リアーナは頷いた。すると、指を引き抜いてくれて、ベッドに寝かせてくれる。

これで終わりなのかしら。初夜って、なんて奇妙な儀式なの？

こんなことをほぼ毎晩続けるなんて、意味が判らない。気持ちよくしてもらったが、それがなんになると言うのだろう。

それにしても、身体はまだ燃えるように熱い。あんなに感じていたのに途中で放りだされたからだ。もちろん自分がやめてほしいと願ったのだが。

途方に暮れていると、ヴィンセントが服を脱いでいることに気がついた。

「えっ……」

男性の裸など見たことはない。上半身だけなら見たことがある。子供の頃、領主の息子達と一緒に兄弟のように育ってきたからだ。しかし、それは子供の頃のことだし、全裸は見たことがない。

リアーナが狼狽《うろた》えている間に、彼はどんどん服を脱いでしまい、最後に髪をまとめていたリボンを解いた。

金色の長い髪がさっと広がる。リアーナは目を見開いて、彼を見つめた。彼はニヤリと笑う。

「これが君の夫の身体だ。どう思う？」

「ど、どうって？」

リアーナがどぎまぎしていることを知っていて、彼はわざとそう訊いているのだ。

「気に入ったかな？」

「それはもちろん……」

リアーナは自分が何を言おうとしているかに気がついて、頬を染め、口を閉じる。しかし、目を逸《そ》らしたかったが、何故だか彼の身体に視線が釘《くぎ》づけになってしまっていた。

だって、彼はとても美しいから……。

顔だけでなく、彼は身体も美しかった。均整が取れていて、無駄な肉はない。細身ながら必要な筋肉はしっかりとついていた。

これが男の人の身体なのね……。

リアーナはうっとりして見入っていた。

いや、男性なら誰でもこんな肉体を持っているわけではない。限られた者だけがこんな肉体を持つことができる。つまり、これがヴィンセントの身体なのだ。

股間《こかん》にあるもののことは気になる。男性と女性を分けるものだ。そこが勃《た》ち上《あ》がっていて、己《おのれ》の存在を主張しているようだった。しかし、その部分も込みで、ヴィンセントという人間なのだ。

リアーナは頬を染め、彼を見つめていた。

ヴィンセントは微笑み、リアーナに覆いかぶさってきた。そして、両手で頬を包み、唇を重ねてくる。

舌を絡められると、たちまち頭がボンヤリしてきた。

「ん……っ」

初夜はまだ終わりではないらしい。リアーナは彼のキスに応えるように、自分から舌を絡めた。

だって、とても気持ちがよくて……。

キスだけでなく、直接触れ合う肌がとても温かくて心地いいのだ。こんなふうに裸で誰かと抱き合うのも初めてだ。彼の長い髪の先がリアーナの身体に触れているのも、なんだか気持ちよかった。

わたしは彼のもの……。

どうしてそう思ってしまうのか判らない。けれども、それが自然な気持ちだった。裸で抱き合い、キスをしている。そんな関係の男性を他人のようには思えない。誰よりも自分に近い人間のように思えた。

存分にキスを交わした後、彼はそっと身体を起こすと、リアーナの両脚をすっと開いた。

「えっ……やっ」

リアーナは驚いた。彼はリアーナの脚の間に身体を滑り込ませる。秘部に彼の股間のものが当たり、ドキッとした。

「あの……あの、あなたの……」

「これか？」

彼はニヤリと笑い、秘部に擦りつけてくる。途端に、甘い疼きが湧き起こる。

「あ……あん……」

「力を抜いているんだよ。そうしないと……」

そうしないと？

リアーナは彼が体勢を整えて、ぐっと腰を突きだしたとき、その続きが判った。彼のものがリアーナの中に入ろうとしている。驚きに目を見開き、痛みに顔を歪《ゆが》める。指を挿入されただけでもショックだったが、まさか……。

「や……めて……」

痛みから逃れたくて、彼を押しやろうとした。だが、彼は逆にリアーナをギュッと抱き締めてきた。

「少しの……我慢だ。もう少し……」

彼も苦しそうな声を出している。自分が苦しいように彼も苦しいのだろうか。そう思うと、リアーナは抵抗をやめざるを得なかった。彼はゆっくりとリアーナの内部に侵入してきた。

やがて、彼はすべてを収めきると、ほっとしたような声を出した。

わたしと彼は今、身体の一部で繋《つな》がっている……！

そう思うと、不思議な気持ちになった。こんなことをするなんて信じられないし、あり得ないことだと思ったが、これこそが初夜なのかもしれない。

男と女がひとつになる儀式……。これこそが、夫婦となった証《あかし》に違いない。

リアーナはこの熱い気が身体の内から溢《あふ》れだしてくるような感じがして、戸惑いを覚えた。痛みは去ったが、これで終わりではない。この先にあるものも、リアーナは知りたかった。

ヴィンセントとは本当は夫婦ではないけど……。

そう思うと、胸に鈍い痛みを感じる。だが、たとえ夫婦でなくても、今ここでは、自分は彼の妻そのものなのだ。

こうして自分の身を犠牲にしたのだから、少しくらい……ほんの少しくらい甘い夢を見てみたい。ヴィンセントが本当の夫で、これが本当の初夜なのだと。そして、二人は永遠に愛し合うのだと、今だけは思い込みたかった。

リアーナは何故だかヴィンセントに愛着のようなものを感じていた。

彼にそんな感情を寄せるほど、彼のことなど何も知らないのに。それでも、こうして互いの身体を晒して、深いところで繋がりを持った。そんな相手に愛着が湧いてもおかしくないはずだ。

それに……やっぱり彼は優しいわ。

痛い行為なのに、彼はなるべく痛くないようにと気を遣ってくれた。リアーナは彼に対する信頼を感じていた。

最初の出会いのときは信頼とは程遠い格好をしていたけれど。

今は違う……。

ヴィンセントはゆっくりと腰を動かしていく。

「あ……っ……」

なんとも表現しがたい快感がリアーナの中に生まれた。自分の内部が彼のもので擦られている。それがリアーナに刺激を与えていた。

彼は何度もそれを繰り返す。リアーナは内壁でも感じていたが、奥のほうを突かれると、じんと身体が痺れるような気がした。

「わ……わたし……」

「感じるかい？」

リアーナは泣きそうな顔で頷いた。

徐々に快感はふくれ上がっていく。熱い疼きが止められない。リアーナはどうしようもなくて、彼にしがみついた。

彼もまたリアーナをしっかりと抱き締めてくる。

二人の間に固い絆《きずな》があるような気がして、うっとりする。熱い身体と身体が触れ合い、快感が余計に大きくなっていく。

リアーナの全身が敏感になっていた。どこに触れられても、どんなふうに触れられても感じてしまう。

「わたし……もう……もうっ」

限界だった。彼がぐっと腰を押しつけてきた途端、リアーナの身体に稲妻のような衝撃が走り抜ける。

「あぁあっ……！」

その瞬間、天にも昇る心地がした。彼もまた身体を強張らせて、昇りつめたようだった。二人はじっとそのまま余韻が抜けてしまうまで、動かずにいた。

ただ、抱き合って……。

リアーナはずっとこのままでいたかった。心臓の音や呼吸までも混じり合い、ひとつに溶けていきたかった。

現実になんか戻りたくない。彼のもののままでいたかった。もちろんそれは不可能だけど。

やがて彼は身体を離した。

リアーナはふと淋《さび》しさを覚えた。自分の大事な半身が離れていくように思えたのだ。だが、夢うつつの状態から徐々に現実に戻ってくると、抱き合っているときに感じた絆は幻《まぼろし》でしかなかった。

そう。二人の間には何もない。

彼はすぐにリアーナの傍《かたわ》らに寝転んだ。そして、リアーナの肩を抱き寄せ、柔らかな笑顔を見せた。

ドキッとする。彼のこんな優しい顔を初めて見たような気がする。彼は妻にはこんな笑顔を見せるのだ。

リアーナの心に影が差す。

もし、身代わりが誰かに見抜かれたら、どうなるのだろう。彼に憎まれ、蔑《さげす》まれるのだろうか。彼を、いや、シルヴァーン国全体を馬鹿にしたと思われるのだ。ただでは済まないに決まっている。

しかし、それよりももし見抜かれたら、彼にこの笑顔を向けてもらえなくなるのだと思うと、悲しい気持ちになってくる。

彼はリアーナの髪をそっと撫でてくる。

「痛かった?」

「……少し」

本当は少しではなかったが、わざわざ告白するほどのことはないだろう。

「次からは痛くないからね」

「えっ……? 次?」

今終わったばかりで、次のことなど考えられない。リアーナはぽかんとする。

「ほぼ毎晩だって言っただろう?」

「あの……あの、本当にこんなことを毎晩……?」

「そうだよ。それが普通なんだ」

リアーナはとても信じられなかったが、男女のことについて彼はよく知っているのだろう。リアーナはただわけも判らず、流されていただけだった。

だとしたら、それは本当のことで……。

彼に抱かれて、とても気持ちよかった。それ以上に心の繋がりまで感じてしまった。実際に繋がっているわけでもなんでもないのに。

けれども、これが毎晩となると、リアーナは不安になってしまう。

だって……彼とはいつか別れるときが来る。どういうふうに解決されるかは判らないが、いずれにしても、リアーナは身代わりだ。ラーナではない。だから、永遠に彼の妻でいられるわけではないのだ。

願わくは、正体が判っても、ヴィンセントに憎まれませんように。

リアーナはそれを祈るしかなかった。

第三章　王妃の修業

翌朝、リアーナが目を覚ましたとき、ヴィンセントはベッドの中にいなかった。

一瞬だけ昨夜のことは夢なのかと思ったが、そうではない。リアーナが寝ていたのはあの貴婦人の塔の部屋だったし、何より自分はまだ裸のままだった。

「起きたのか」

彼の声が聞こえて、ドキッとする。

声のするほうに視線を向けると、彼は窓の傍《そば》に立っていた。彼は昨夜のきらびやかな結婚式用の服ではなく、かといって、最初に彼を見たときの派手な服でもなく、国王の立場にふさわしい重みのある服装をしていた。色味を抑えた服だが、生地は高級なもので刺《し》繍《しゅう》が入っている。

リアーナはシーツで胸を隠しながら、身体《からだ》を起こした。彼はそんな仕草を見て、ふっと笑う。

「隠したところで、もう全部見た」

確かにそうかもしれないが、朝の光の中で見られるのは恥ずかしい。昨夜はほの暗い蠟燭《ろうそく》の光だったから、見られてもそれほど恥ずかしくはなかったのだ。

「わ、わたしのドレスは……？」

昨夜、夜着が脱がされたところまでは覚えている。辺りを見回すと、夜着とショールは椅子《いす》にかけてある。彼が拾ってかけてくれたのだろう。

「もう少ししたら、君の侍女が来て、ドレスを着せてくれるだろう。その前に、こっちを見てみるといい」

「えっ……何かしら」

彼は窓のほうを向いていた。リアーナはシーツを身体に巻きつけて、ずるずると引きずりながら彼の傍に行く。

窓からは王都が広がっているのが見えた。

城の周りに低い城壁があり、その向こうに家々が建ち並んでいる。王都を守るようにぐるりとまた城壁が張り巡らされていて、この城は二重構造で守られているのだ。ここから逃げようと思うのは最初から無謀なことだったのだろう。

人助けのつもりで、ラーナと入れ替わったのは間違いだった。今ならそう思う。愛する人と引き裂かれて、会ったこともない隣国の国王と政略結婚しなくてはならないラーナには同情するが、だからといって、自分がその計画に手を貸してはいけなかった。

リアーナがラーナのふりをしたからこそ、事態は余計にややこしくなってしまったのだ。

そして、とうとうラーナの名を騙《かた》って、国王と結婚してしまった。これはあまりにも恐ろしいことだ。

ヴィンセントはリアーナの肩を抱いて、自分のほうに引き寄せた。強引ではないが、まるで自分が彼の所有物のひとつになったような気がして、胸が騒ぐ。

彼は目の前に広がる王都を指差した。

「ここが君の国になるんだ」

彼はきっと国を愛しているのだろう。

だから、会ったことのない隣国の王女との政略結婚を決意したのだ。セザスの話によると、これは重臣が提案したことではなく、彼自《みずか》らが決断し、重臣達に自分の考えを承諾させたのだという。

つまり、信念を持って、モルヴァーンとの和平を望んでいたらしい。

最初に会ったときの彼のイメージが強すぎて、国王としての彼をあまり評価していなかったのだが、見かけによらず愛国心が強く、政治的手腕も持っているのかもしれない。

とはいえ、これもセザスに聞いた話なのだが、即位する前のヴィンセントは派手な格好で遊び回っていたようだ。弟王子のほうが国王になると思われていたらしく、弟が先に亡くならなければそういうことになっていただろうと言われている。

リアーナもシルヴァーン国民の一人ではあるが、何分にも庶民であるし、国境の近くの村に住んでいたから、王家に関する噂話《うわさばなし》はまったく耳に入ってこなかった。さすがに前国王が亡くなったすぐ後に弟王子もこの世を去ったことは聞いていた。しかし、それ以上のことは噂でも入ってこなかった。

彼が派手な格好で遊び回る姿を想像してみる。きっと、リアーナが初めて会ったときのあの姿と同じに違いない。

遊んでいたときも、彼は愛国心を持っていたのだろうか。それとも、即位してから、急に変われるものなのか。

彼はまっすぐに王都を見つめている。

「今日は国民みんなに妃《きさき》を娶《めと》ったという報告をしなくてはならない」

「どういうこと？　何か儀式みたいなものがあるの？」

「いや、儀式ではない。馬車に乗って、大きな道路をぐるりと一周回るだけだ。告知してあるから、王都に住む人々が私達を見にくるぞ。君はにこにこしながら国民に手を振って挨拶《あいさつ》するんだ」

「そんなことするなんて……聞いてないわ」

リアーナは困惑した。国民みんなに手を振るなんて、嘘《うそ》をつく相手の範囲が更に広がることになってしまう。

「心配ない。君は少し変わり者の王女だったようだが、それなりにちゃんとやれている。国民も君を王妃として受け入れてくれるはずだ」

少し変わり者の王女……。

彼はそう思っているのだ。リアーナは自分では気づかなくても、王女らしからぬ振る舞いをしているのだろう。

しかし、みんなが彼のように好意的に解釈してくれるとは限らない。それに、やはり大勢の人々を騙《だま》すことになるのは心苦しかった。

「心配ないよ、ラーナ」

彼はリアーナを自分のほうに向かせて、唇を重ねてきた。

たちまち、昨夜のことを思いだす。彼にすべてを捧《ささ》げた夜のことを。あのとき、リアーナは彼を自分の一部であるかのように感じた夢のような時間を。

だが、すぐに胸の奥に鋭い痛みを覚える。

彼はわたしの夫ではないんだわ……。

そうよ。公爵の息子と駆け落ちしたラーナ姫のものなのよ。

リアーナは悲しみに襲われた。初夜を迎えるまで、ヴィンセントに対して警戒する気持ちがあった。派手な服を着た陽気な男と国王らしい威厳をたたえた男の二面性を持っていて、彼が本当はどんな人間なのか見当もつかなかったからだ。

今でも彼の人間性については、よく判《わか》ってはいない。ただ、昨夜の彼はとても優しくて情熱的だった。自分を求めてくれ、気遣ってくれた。

だからといって、それだけで彼のことを好きになったとは言えない。ただ、身体を重ねたことにより、それまでとは何か違う感情を抱くようになっていた。

リアーナはラーナの身代わりとなり、両国のために嘘の結婚をした。しかし、気持ちまで彼の花嫁になりきることは、セザスも要求しなかった。

偽《いつわ》りの妃になっただけでも、充分、自分の身を犠牲にしたと言える。だが、感情まで彼の妃そのものになってしまったら、後で自分がつらくなるだけだ。

決して好きになってはいけない相手だ。ただでさえ、複雑な立場に置かれているというのに、感情が絡めば彼と離れていられなくなる。だから、彼に対する感情を抑制する必要があった。

そう。好きになってはダメな人なの……。

それなのに、キスをされると、心が彼に惹《ひ》かれていってしまう。いくら頭でダメだと思っていても、リアーナはそれを抑えることができなかった。

ヴィンセントは唇を離すと、リアーナににっこり笑いかけてくる。リアーナは彼のそんな笑顔を見るだけでドキドキしてしまう。

「モルヴァーンの王女が君でよかった」

彼の一言で、リアーナの心はどん底に落とされる。

わたしはモルヴァーンの王女じゃないのよ。偽者なのよ。

そう言いたかったが、もちろん言えない。それを知られたら、たちまち彼の態度は変わるだろう。この優しい顔はすぐに厳しい表情になる。昨夜、宝物のように抱き締めてくれても、偽者だと判れば、投獄されてしまうかもしれない。

ああ、わたしはどうすればいいの？

誰か助けて。

リアーナは彼を含めて多くの人々を騙す罪悪感を抱きながらも、なんとか本物らしく振る舞わなくてはならないと思った。

リアーナは嘘の生活を続けるしかなかった。いつまでも続くわけがないと思いながら。


ヴィンセントはラーナと共に、飾り立てた無蓋《むがい》馬車に乗り込んだ。

ラーナは今日も美しいドレスを身にまとっている。だが、彼女自身のほうがドレスよりずっと綺麗《きれい》だ。

ヴィンセントは自分の傍《かたわ》らに座る彼女の横顔を見ながら、そう思った。

最初はモルヴァーンの王女がどんな娘であろうと、構うものかと思っていた。これは政略結婚で、相手の美醜も性格もどうでもいいことだ、と。けれども、彼女に会って、自分は幸運の持ち主だと判った。

王女にしては少し変わっているとは思うし、何度も逃げようとしたところはよくないが、他はすべて自分の好みらしい。彼女はなかなかいい。容姿もそうだが、抱いたときには自分にぴったりの女性だと思うようになった。

彼女のことはまだよく判らないところがある。それでも、何か通じ合うものがあると感じたのだ。

ヴィンセントはラーナという伴侶《はんりょ》を得たことを心から喜んでいた。

やがて馬車は城門から外に出て、大きな道路をゆっくりと進んでいく。王都で暮らす人々がヴィンセントとラーナを見て、歓声を上げた。彼らは口々に祝いの言葉をかけてくれる。ヴィンセントは彼らに手を振った。

「ラーナ、君も手を振るんだ」

「えっ……判ったわ」

ラーナは驚いたような顔をしたが、すぐに同じように手を振る。

王女なのだから、こういうことには慣れているかと思ったが、確か彼女は自分の部屋にこもりがちなおとなしい王女だったというから、こんなふうに人目に晒《さら》されることには慣れていないのかもしれない。

「大丈夫だ。ほら、みんな、君のことを受け入れているよ」

言葉どおり、集まった人々から『可愛《かわい》いお妃様だ』という声が聞こえてくる。ラーナはさっと頬《ほお》を染めて、恥ずかしそうな顔をする。ヴィンセントはそれを見て、何故だか不思議な気持ちになった。

なんだろう。この、浮ついたおかしな気持ちは。

一瞬、彼女を愛《いと》おしいと思ってしまった。

確かに自分の妃になったのが彼女でよかったとは思ったが、それだけのことだ。彼女を必要以上に好きになるつもりはない。自分に大切なのは国政だ。まずは国王としてこの国に君臨しなくてはならない。恋愛などにうつつを抜かしている場合ではなかった。

それこそ、足元をすくおうと狙《ねら》っている輩《やから》がいるのだから。

その輩の一人、宰相のウィーラスはすぐ傍を馬に乗って並走している。そんな役目は近《この》衛兵《えへい》に任せておけばいいものを、彼はわざわざしゃしゃり出てきていた。彼はヴィンセントが国民の支持を集めているのが気に食わないらしく、時折、こちらに刺すような視線を向けていた。

ウィーラスのことは、いずれ片をつけなければならないだろう。もう二度と、この国を彼の思うとおりにはさせない。

国王は自分で、彼に操られる気はまったくなかった。彼もそろそろそれに気づいていい頃だ。

ヴィンセントは彼から目を逸《そ》らし、国民のほうを向いて、手を振る。

そのとき、突然、ラーナが大きな声を上げた。

「停《と》めて！　お願い、停めて！」

御者は驚いて馬車を停めた。一瞬、何が起こったのか判らなかった。

だが、よく見ると、一人の小さな男の子が群衆に押しだされたのか、馬車道のほうに倒れていた。馬車が停まらなければ、男の子はきっと馬の脚に蹴《け》り飛《と》ばされていただろう。

御者は馬の足元までは見ていなかったらしく、ラーナが制止しなければ、今頃は大変なことになっていたに違いない。

ラーナはすぐさま馬車から降りると、迷わず男の子のほうに駆けだした。ヴィンセントも彼女の後を追う。

「大丈夫？　痛いところは？」

ラーナは道端に跪《ひざまず》き、泣きべそをかいている子供を抱き起こし、膝《ひざ》の上に抱いた。子供は薄汚い服を着ていて、顔も汚れている。恐らく貧しい子供だ。彼女は美しいドレスが汚れるのも構わず、子供を抱き締めて、宥《なだ》めている。

「いい子ね。大丈夫よ」

ヴィンセントは子供の乱れた髪を撫《な》でているラーナに目を奪われていた。自分だけでなく、この辺りにいる人々はみんなヴィンセントのように、驚きと喜びをもって彼女を見つめている。

王女として育ち、こんな美しいドレスを着た彼女が、貧しい子供にこんなに優しく接している。これこそ、国民を愛する王妃として正しい姿だ。

彼女と結婚したのは正解だったと考えていたが、それどころか彼女は紛れもなく王妃になるべき人間だった。

ヴィンセントは感激していた。そして、彼女の姿に畏敬《いけい》の念を覚えた。自分はまさしく彼女と結婚する運命だったのだろう。

ラーナは周りの人々に尋ねた。

「この子のお父さんかお母さんはいないの？」

一瞬、彼らは無言だった。だが、すぐに近くにいた少し年上の子供が教えてくれる。

「こいつの父ちゃんはずいぶん前からいないんだ。この間、母ちゃんも死んで……。じいちゃんがいるけど、病気でさあ、面倒見てやれないんだよ」

「まあ……こんなに小さいのに！」

確かに子供はまだ三歳か四歳くらいだろう。ヴィンセントはこんな子供がいることに胸を締めつけられるような気がした。国民はみんな大切だが、子供は一番大事だ。祖父と二

人暮らしで、碌《ろく》に面倒も見てもらえず、恐らく飢えているであろう子供が王都にいることに衝撃を受けていた。

すべての人を助けることは難しい。それでも、できることなら、国民にはなるべく幸せになってもらいたかった。そうすることが自分の義務だ。そのために自分は国王になったのだ。

とはいえ、自分達がこの子供のためにいつまでも馬車から降りているわけにはいかない。祝福してくれる国民はまだ馬車が目の前を通るのを待っているからだ。

ヴィンセントは歩兵の一人を呼んだ。

「この子供を家まで送ってやってくれ。それから、後でその家に食べ物を届けてやるんだ」

それを聞いたラーナはヴィンセントを見上げて、嬉《うれ》しそうににっこり笑った。

「ありがとう。この子のために……」

「いや、私の大事な国民の一人だ。困っている人々を見捨てはしない」

ヴィンセントは子供を抱き上げると、歩兵に渡した。そして、その子の頭を撫でる。

「いいかい、この人に家まで送ってもらうんだよ」

子供は大きな目でヴィンセントとラーナを見て、頷《うなず》いた。歩兵が立ち去ると、ヴィンセントはラーナの手を握り、再び馬車に乗り込もうと近づく。

不意に、近くにいた人々から声がかかる。

「王様万歳！　王妃様万歳！」

すると、他の人々も口々に万歳を唱えだした。ラーナの取った行動がきっと国民の心に響いたのだろう。人々はさっきよりも熱心に手を振りだした。

ヴィンセントは馬車に乗り込みながら、誇らしかった。

彼女こそ自分の妃にふさわしい女性だ。モルヴァーンの王女なら、どんな女とでも結婚するつもりだったが、これほど国民のことを考えてくれる妃が自分のものになるとは思わなかったのだ。

ウィーラスが憎々しげにこちらを見ていた。目が合うと、ぷいと横を向く。

「人気取りのために庶民に触れるなど……王妃にふさわしくないようだな」

彼は聞こえよがしに独り言《ひとりごと》を言う。

ラーナの身体が強張《こわば》るのが判り、ヴィンセントは彼女を安心させるように手をギュッと握る。

「君は素晴らしいことをしたんだ。ほら、国民は喜んでいる。君みたいな優しい女性が王妃となってくれたことに感激しているんだ」

ラーナはふと暗い表情になったが、無理に微笑《ほほえ》んだ。

「ありがとう」

ヴィンセントはどうして彼女がそんな表情をしたのか知りたかった。しかし、国民に手を振り、笑顔を向けなくてはならない。ヴィンセントはその理由を訊けないまま、長い道のりを馬車に揺られて進んだ。


リアーナは小さな子供を抱き上げたとき、一瞬、自分にもこんな可愛い子供が授かるかもしれないと思った。

けれども、そんなことはないような気がする。少なくとも、この結婚は嘘の結婚だ。人間には判らなくても、神様は知っている。だとしたら、嘘の結婚で子供を授かるはずがなかった。

国民に手を振り、笑顔を向けながら、リアーナは罪悪感を抱いていた。その罪の意識からは逃れられない。たとえ自分がラーナでなくなったとしても、自分が多くの人々を騙したことは事実なのだ。それが消えてなくなるわけではなかった。

ようやく馬車が城門から中に入ったとき、リアーナはほっとした。

「疲れたかい？」

ヴィンセントに尋ねられて、リアーナは頷いた。彼はリアーナの額《ひたい》にかかっている前髪にそっと触れてきた。

「君が途中で暗い顔をしたのは何故なんだろう」

リアーナは眉《まゆ》をひそめた。罪の意識のせいだとは、やはり言えない。仕方なく別に考えていたことを口にする。

「あの子のことなの。ねえ……なんとかしてあげられないかしら。食べ物をあげても、解決しないと思うのよ」

「確かにそうだな。だが、親のない子はたくさんいるものだ。お祖父《じい》さんがいるなら、まだいいほうだと言える」

「それは判っているわ。でも……」

リアーナは涙が込み上げてきた。

あの子供の祖父は病気だと聞いた。もし祖父が死んで、独りぼっちになったら、どんなに心細いだろう。周りの人が助けてあげられるならいいが、もしそんな余裕がなかったら、あの子供はどうなるのだろうか。

リアーナは自分が捨てられた子供だったからこそ、ひどく動揺してしまう。リアーナはたまたま領主夫人に拾われて、育てられた。しかし、拾ったのが貧しい人ならば、この年齢まで生きられなかったかもしれない。

「わたしが……親のない子の面倒を見てはいけないかしら」

「なんだって？」

ヴィンセントは驚いたようにリアーナをまじまじと見てきた。

リアーナは気がついた。王妃はそんなことをしないのだろう。少なくとも王女として育ってきたなら、自分で貧しい子供の面倒を見るなんて言わないはずだ。

リアーナは頬を染めた。

「その……わたしが、じゃなくて、直接面倒を見るのは誰かに任せるけど、この城のどこかで子供達を引き取って、育てていきたいの。汚れた服ではなく清潔な服を着せて、ちゃんと食べさせて、教育もしてあげたい。そうすれば、きっと役に立つ立派な大人になるわ！」

リアーナはネフェリアにしてもらったように、自分もしたかった。

そうよ。奥様も言っていたわ。『人として生まれてきたからには、人の助けになるように生きるのよ』と。

リアーナはここでは王妃だ。王妃でいる間、人を助けてあげたい。もし自分が王妃でなくなり、牢《ろう》に入れられたとしても、国民思いのヴィンセントが子供達を城から追いだすようなことはしないだろう。

ヴィンセントはやっと納得したように頷いた。

「よし。そういうことなら、君の願いを叶《かな》えてやろう」

「本当っ？」

リアーナは嬉しくなり、ヴィンセントの首に抱きつき、頬にキスをした。彼のあっけにとられた顔を見て、リアーナはまた自分が失敗したことを知った。育ちのいい女性なら、いくら嬉しくてもこんなことはしないはずだ。

リアーナはおずおずと手を離した。

「ごめんなさい。つい……行儀作法を忘れてしまって……」

「いや、構わないさ。私達は夫婦なんだからね」

彼は優しく言ってくれたが、宰相ウィーラスは聞こえよがしに溜息《ためいき》をついた。彼はリアーナのことを王妃にふさわしくないと思っているのだろう。リアーナは傷つくが、実際、自分は偽者なのだ。そう思われても仕方ない。

馬車が停まる。そこにはメルやセザス、女官達がリアーナを待っていた。

ヴィンセントは先に馬車から降りて、リアーナの手を取って降ろしてくれる。彼はそっと耳打ちをする。

「疲れただろうから、ゆっくり休むといい」

「あなたは……？」

彼はふっと微笑んだ。その笑顔を見ると、リアーナはどうしてもドキドキしてくる。いけないことだと判っていても、なかなか気持ちは抑えられない。

「私はまだ公務がある。夜は一緒に食事をすることにしよう」

彼とはここで夜まで別れることになるのだろう。彼は別の方向に歩いていき、リアーナは出迎えた人達に囲まれて、城の中に入った。

セザスが小さな声で尋ねた。

「正体を疑われるようなことはしなかったでしょうね？」

「それは……ええ……まあ」

彼はじろりとリアーナを見る。リアーナの返事を聞いて、怪しいと思ったのだろう。だが、それ以上は何も言わずに部屋までついてきた。

「あら……こっちの方向じゃないでしょう？　わたしの部屋は」

女官の一人が笑いながら答えた。

「姫様はもう王妃様になったのですよ。これから王妃様のお部屋にご案内します」

王妃の部屋って……。

リアーナは自分がだんだん深みにはまっていくのが判った。今更、偽者だったと判ったら、一体どうなることだろう。

セザスの部下はラーナを捜している。ラーナを説得して、なんとか連れ帰ったとしても、今になってリアーナと入れ替わることができるのだろうか。そもそもラーナは恋人を捨ててまで帰る気などあるのだろうか。

無理やり連れてきても、本物のラーナが今度はリアーナの真似《まね》をしなくてはならなくなる。ややこしい話になってしまった。

だからといって、リアーナがいつまでもここにいるわけにはいかない。

モルヴァーンの王女にしてシルヴァーンの王妃。そんな立場に拾い子のリアーナがいつまでもいるわけにはいかない。ヴィンセントと別れるのは淋《さび》しいだろうが、それは仕方ないことだ。

ふと、彼とラーナがキスをしているところを思い描いて、胸が苦しくなってくる。

ひょっとして、これは嫉妬《しっと》なの？

そうではないと思いたかった。彼を好きになってしまえば、自分が苦しむだけ。しかし、それが判っていても、自分の感情に蓋《ふた》はできなかった。

わたし……彼のことが好きになってしまったみたい……。

ラーナが戻ったら、彼は気づくかしら。ラーナとリアーナの違いを。

いや、気づかれてはいけないのだ。そして、リアーナは嫉妬する資格はない。彼の本物の妻ではないからだ。

そう。彼はわたしのものなんかじゃないの……。

リアーナはそれがつらくてならなかった。

「ここがこれからの王妃様のお部屋ですよ」

メルが扉を開けてくれた。そこは前にいた部屋よりずっと豪華だった。部屋のカーテンや絨毯《じゅうたん》などの色調もぐんと落ち着いたものになっている。結婚前の娘とはもう違うということなのだろう。

リアーナは王妃として、やるだけのことはやろう。そう決心していた。それがいつまで続くのか、見当もつかなかったが。

王妃の部屋は誰かと歓談できるような広間と私的な居間、寝室に分かれていた。最初に入った部屋は居間で、リアーナは寝室のほうに向かった。寝室の奥にある衣装部屋は結婚前の衣装部屋よりずっと広かった。

そこに、ドレスや装身具などの他に、たくさんの結婚祝いの贈り物としてもらった宝石や布が置かれている。布地は、異国から取り寄せられためずらしい織り方のもので、それでドレスを作るのだ。

ラーナが輿入《こしい》れのために用意したたくさんのドレスもある。どれも素晴らしい品だが、リアーナのものではないので、喜ぶ気にはなれなかった。

もちろん綺麗なドレスを着て、お姫様のような格好ができるのが嬉しくないわけではないけれど。

でも、自分が偽者だと思いだすたびに、逆に惨めな気分になってくる。

これも、それも……すべてわたしのものじゃない。

それにしても、いつまでこんな生活を続けなくてはならないのだろう。リアーナは部屋を見回して、ふと寝室には居間への出入り口とは別に扉があるのに気がついた。何気なくそこを開くと、もうひとつ寝室がある。

それは見覚えのある部屋で……。

ここはヴィンセントの寝室だわ！

思わずバタンと扉を閉じる。それを見て、後からついてきたメルと女官達がおかしそうに笑った。

「そちらは王様のお部屋だと聞いています」

「そ、そうなの……」

なんのために寝室が繋《つな》がっているのかといえば、あの初夜のようなことをするためなのだろう。

リアーナは初夜だけあんなことをするのかと思っていたが、夫婦は何度でもするのだとヴィンセントに言われ、笑われてしまった。あのことを考えると、リアーナはドキドキしてしまう。

再び居間に戻り、そこから広間に行くと、セザスがいた。

「王妃様、内密なことで少しお話があります」

リアーナは頷いた。こちらも聞きたいことがある。理由をつけて、メル以外の女官達に出ていってもらった。

リアーナは長椅子に腰かけ、メルはその後ろに立ったが、セザスは床に膝をついた。セザスはいつも臣下のようなポーズを取るが、よく考えると、リアーナより身分はずっと上のはずだ。

「あの……あなたはモルヴァーン国王の側近なんでしょう？　別にわたしの前で跪かなくても……」

セザスはふとリアーナの後ろにいるメルと目を合わせて、何故だか咳払《せきばら》いをした。

「……いえ、万が一、誰かが入ってきたら困りますから」

王妃の部屋に誰が突然入ってくるのだろう。ヴィンセントだろうか。

だが、彼は公務に忙しいはずだ。その他の人間がここに入るときに、いきなり扉を開けるはずはなかった。

だが、セザスは念には念を入れているのだろう。ずいぶん用心深い性格のようだから。

「実は……ラーナ姫のことですが」

彼は声をひそめた。

「わたしもそれを訊きたかったの。彼女は見つかったの？」

彼女が見つかって、ここに来れば、リアーナの役目は終わりだ。彼女が愛する人と引き裂かれるのは気の毒でたまらないが、両国の平和を考えれば、それはどうしようもないことなのだ。

それに……わたしも犠牲を払っているわ。

嘘の結婚をし、夫婦にしか許されない行為をしてしまった。しかも、どうやらその相手を好きになってしまったようだ。

別れるときはきっと胸が張り裂けそうになるに違いない。想像するだけで、涙が出そうになってくる。

セザスは沈痛な面持《おもも》ちだった。

「いいえ。連絡が来ましたが、まだです。公爵のところに使者を差し向けています。事の次第を説明して、乳母の故郷を聞きだすために」

「公爵は息子が駆け落ちしたことを知っているのかしら……」

「恐らくご存じないのでは。追っ手がかからないように策を講じているでしょうから」

「彼は王女と駆け落ちした罪を問われるの？　できることなら、わたしは誰も傷ついてほしくないけど……」

「それは無理でしょう。王女を攫《さら》ったら大変なことになると判るくらいの頭は持っていたでしょうに。それに……無関係のあなたを巻き込んだ」

「わたしと同じように、彼も気軽に考えていたんでしょうね。少しの間、時間を稼いでもらって、後は逃げればいいと」

だが、監視の目がきつくなって、リアーナは逃げだすことができなかったのだ。

「彼の頭の中にはラーナ姫のことしかなかったのね……」

　恋する者の気持ちが、今は少し判る気がする。

たとえ身分違いでも恋に落ちてしまうし、そうなったら理性なんて当てにはならない。公爵の息子はただ愛する人と共に生きたかった。そして、ラーナも何を捨てても愛する人と結ばれたかったに違いない。

　セザスは溜息をついた。

「あまりにも愚かすぎる……。公爵共々、処罰を受けることにならなければいいですが」

「なんとかしてあげて！　お願い！」

　思わず頼み込むと、セザスは驚いたように目を丸くした。

「あなたは無茶な頼みをした彼を恨んでいてもおかしくないくらいなのに」

「恨んだりしないわ！　彼らを助けるって決めたのはわたしだし……。本当は二人にずっと幸せでいてほしいと思っているわよ。ただ、両国の平和を考えたら、偽者のわたしじゃダメだもの。どうしても……ラーナ姫が必要なの。二人の幸せを壊すのは忍びないし、だったら、せめて彼のほうだけでも罰を受けさせたくないわ」

　ラーナは無理やりこの城に連れてこられて、自分と入れ替わり、ヴィンセントの妃になる。恐らくそういうことになるだろう。

　ラーナは可哀想《かわいそう》だし、この自分も可哀想だ。

「あなたは……案外、王妃にふさわしいかもしれません。それだけ慈悲深ければ」

　何故だかセザスはそんなことを言いだした。リアーナは首を横に振った。

「そんなことないわ……。わたし、咄嗟《とっさ》につい地が出てしまうのよ。上品に振る舞おうと努力してるけど、王妃にふさわしくないって宰相に嫌味を言われたわ」

「何かあったんですか？」

　リアーナは子供を助け起こしたことを話した。だが、セザスは非難するどころか、満足そうに頷いた。

「それは宰相の間違いです。あなたは王妃として最善のことをしたんですよ。国民は貧しい子供に手を差し伸べる王妃を見て、感激したことでしょう」

「本当に？　わたし、間違ってなかった？」

「国王もさぞかしお喜びになったことでしょうね」

「そうなの。わたしが城で親のない子供達を集めて面倒を見ると言ったら、賛成してくれたわ。……ラーナ姫はわたしのようにしてくれるかしら？」

　セザスはうっすらと微笑した。

「そのことは、また後で考えましょう。それより、これを領主夫人から預かったようで、使いの者が持ってきました」

　彼はポケットから取りだした手紙に両手を添えて、リアーナへと差しだした。

リアーナはセザスの部下に、領主夫人への手紙を託していた。突然いなくなったことへの詫びと、その理由について書いた。これはその返事なのだ。

「まあ、ありがとう！」

リアーナは嬉しくて、それを胸に抱いた。

「領主夫人はあなたの育ての親なのですね」

「わたしはただの拾い子で、養女ではないけど、子供の頃は彼女の息子達と兄妹みたいに育ったのよ」

「遠慮せずに読んでみてください」

リアーナは封を開けて、手紙を読んだ。

「……『巻きこまれてしまったとはいえ、こうなった以上、逃げることは許されません。人のためになるなら喜んでお役目を果たしなさい』と書かれているわ。『たとえ何があっても、あなたはわたしの大切な娘です』って……」

ネフェリアはたくさんの孤児に愛を注ぐ立派な女性だ。それでも、『娘』だと言われたことはなかった。そう思ってくれていたことが判って、嬉しくて胸がいっぱいになる。

それにしても『何があっても』とは、どういう意味だろう。リアーナが偽者だとばれたら、犯罪者として牢に入れられることを指しているのだろうか。

セザスは急に姿勢を正した。

「モルヴァーンとシルヴァーン両国の国民のために、お役目を果たしていただけますか？」

改まった口調で尋ねられて、リアーナも背筋を伸ばした。

「はい。わたしでできることなら」

そして、自信なげに付け加える。

「わたしがおかしな振る舞いをしていたら助けてね」

セザスとメルが声を合わせて笑った。

「ええ。もちろんですよ」

彼らの助けがなければ、上手《うま》くいかない。三人一組で、ラーナがやってくるまでなんとか頑張ろう。

誰にも偽者だと疑われないように。


一週間後には、親のない子供達は城に集められた。

リアーナが助けたあの男の子は、兵士が家に送り届けたときには祖父は亡くなっていたらしい。引き取り手がいなかったので、彼もまた城にやってきた。

リアーナは城の一角に子供達の部屋を確保した。彼らを世話する者達も雇われたのだが、リアーナも時間のあるときに手伝うことにしている。

だって、わたしが発案者なんだから。

今日も暇を見て、メルを連れて、子供達の部屋を訪問した。

上品な女官達はどうも子供を可愛がる素振りも見せないので、その時間だけ彼女達を自由にさせておくことにした。メルは違う。子供が好きなのだ。そして、仕方なくついてきているはずのセザスも、今は子供に笑顔を見せるようになっていた。

「ねえ、ねえ、王妃様！」

五歳か六歳の女の子がリアーナのドレスを引っ張る。

「なあに？」

リアーナはその子の前に屈《かが》んで、顔を見つめた。最初に見たときはひどく不健康そうで、髪ももつれ、着ていた服もひどく汚かった。だが、今はちゃんと世話をされて、こざっぱりとした服を着て、可愛い笑顔を見せている。

「あのね。これ……」

もじもじしながら、リアーナに何か手渡した。それは手紙だった。といっても、この子は字が書けない。手紙を開いてみると、絵が描いてあった。そこにはリアーナと思《おぼ》しき女性の顔が描いてある。

「まあ、これはわたし？　上手いのね！　どうもありがとう」

頭を撫でると、彼女は照れながらも嬉しそうにしている。

「あのね、ここに『王妃様ありがとう』って書いてあるの」

リアーナの顔の下に文字風のものが何か書かれてある。文字は知らなくても、リアーナにお礼の言葉を伝えたいと思ってくれたのだろう。

リアーナは感激して、彼女を抱き締めた。

「すごく嬉しいわ！」

ふと、思いついて、彼女に尋ねる。

「ねえ、文字を覚えてみたい？」

「うん」

「じゃあ、今度、教えてあげるわ。文字を覚えてみたい子、みんなに教えてあげる」

そうすれば、本を読むことができる。知識が身につけられる。自分がネフェリアにしてもらったことを、子供達にもしてあげたかった。

もちろん、リアーナ自身がどれだけここにいられるか判らないのだが。

今度は男の子がリアーナの傍にやってきた。

「王妃様、外に行こうよ！」

リアーナはにっこり笑った。

「そうね。今日はお天気がいいから、みんなで外に行きましょう！」

リアーナは子供達の世話をしてくれる女官と一緒に、中庭へと出た。

元気いっぱいの男の子が走り回ったり、木に登ったりしている間に、女の子は花壇へ行き、花を摘んだ。リアーナは屈んで女の子達と話をしていたが、急に後ろから一人の男の子に追突された。

リアーナは悲鳴を上げて、花壇の中に頭から突っ込んでしまう。

「王妃様！」

慌ててメルが飛んできた。男の子はリアーナを突き飛ばすつもりはなかったらしく、顔を強張らせて立っている。王妃を転ばせた罪で捕まると思っているのだろうか。リアーナは笑いながら起き上がった。

顔もドレスも汚れているが、リアーナは平気だった。

「ごめんなさい……王妃様」

「大丈夫よ。でも、他の誰かにぶつかりそうになったときには気をつけてね」

男の子の頭を撫でてやると、彼はこくんと頷いた。なんて可愛らしいのだろう。抱き締めたいが、自分は汚れているので、相手が汚れてしまう。

不意に、聞き慣れた笑い声が聞こえてきた。

そちらを向くと、ちょうど通りかかったヴィンセントがリアーナと子供達のやり取りを見ていたらしい。リアーナは自分の格好を見られたことが恥ずかしくて、顔を赤らめる。

他の誰に見られても別に構わないが、ヴィンセントには見られたくなかった。

「今日も子供達の世話をしているのかい？」

「ええ……。みんな、元気なのよ」

「そのようだな」

彼は近づいてきて、ポケットからハンカチを出すと、リアーナの顔を拭《ふ》いた。

「そんなに汚れてる？」

「ああ。でも、これでいい」

彼はリアーナの鼻の頭に軽くキスをした。彼の微笑みを見ると、たちまちドキドキしてくる。

「君は本当に子供が好きらしいな」

「そうなの。ここにいる子達を幸せにしてあげたい。字を覚えたいって子がいたのよ。わたし、教えてあげるつもり。子供だけじゃなくて、大人でも……たくさんの人に教えてあげたいの」

大人でも読み書きできない人達はかなり多い。ちゃんとした計算ができない人もいる。それで、悪い商人に騙されて、農作物を安く買《か》い叩《たた》かれたりするのだ。ネフェリアはみんながそうした勉強をするべきなのだと、いつも言っていた。そうすれば、世の中から騙される人が少なくなるからだ。

ふと、ヴィンセントが不思議なものを見るような目で、リアーナをじっと見つめていた。

「ど、どうしたの？　わたし……何か変なことを言ったかしら」

たちまちリアーナは緊張した。きっと王妃にそぐわぬことを言ってしまったのだろう。彼は何か疑いを持ったかもしれない。それでなくても、ドレスに土をつけて平気な王妃など、いないはずだ。

「君は……すごい考えの持ち主なんだな」

彼に称賛するように言われて、リアーナはきょとんとする。

「すごい考え……って？」

「何不自由なく育った深窓の姫君が、広い視野を持てるのは素晴らしいことだ」

リアーナは狼狽《うろた》えた。やはり自分は失敗したのだ。このままでは彼に疑われてしまう。どうしよう……。

「そ、そんなことないわよ……。当たり前のことよ」

「いや、当たり前なんかじゃない。だが、君の考えは気に入ったよ。国民を豊かにして、この国をよくするためには、そういう考えも必要なんだ」

ヴィンセントはどうやら疑っているわけではないようだ。リアーナはほっとする。

「それにしても、君は一日中、忙しいようだな。貴族の夫人が君のところに押しかけてくるんだろう？」

リアーナは眉をひそめて頷いた。

王妃の仕事のひとつとして、そうした客の相手をする必要があった。リアーナにとって一番苦手なことだ。上品な夫人達は王妃の機嫌を取りたくてやってくるのだが、リアーナのことを観察しているのではないかと思うことがあるのだ。

リアーナが知っている礼儀作法は、田舎《いなか》の領主夫人が身につけていたものだ。それでも役立っているが、モルヴァーン王女だったラーナとはやはり違うだろう。リアーナはメルやセザスに助けられながら、いくつもの失敗をごまかしてきたが、やはり上品な人達との会話は気を遣ってしまう。

誰かがリアーナの正体を見抜いたらどうしようと思うと、怖いのだ。彼女達は面と向かって言わなくても、夫に言うかもしれない。そして、ヴィンセントにそんな話が伝わらないとも限らない。

彼の耳にそういう話が入らないうちに、なんとかごまかしておきたい。

「わたし……本当はあまり社交的じゃなくて……」

「ああ、君はとても内気だったと聞いた。城の中……それも自分の部屋に閉じこもりがちだったと」

ヴィンセントはそう言った後、リアーナを見て首をかしげた。

「内気とは違うみたいだが」

「そ、そうね……。内気というわけじゃなかったわ。社交が苦手なだけで」

リアーナは苦しい言い訳をした。

「なるほど。堅苦しいのが苦手なんだな。変わっているな。王女だったのに」

「そうね……。変わっているかもしれないわ」

リアーナは内心冷や汗をかきながら、ひたすらごまかす。彼を騙していることになり、胸の片隅にはいつも罪悪感がある。

でも、本当のことは打ち明けられないし……。

たまに打ち明けたくなるときがあるが、彼は偽者には容赦しないだろう。優しくしてくれるのは、リアーナが彼の妃だからだ。

「とにかく、君は王妃として十二分の活躍をしてくれている。頼もしいよ」

彼に褒められて嬉しかった。

わたしが本当に彼の妃ならよかったのに……。

しかし、そんなことはあり得ない。国王がどこの誰とも判らない娘となんて、絶対に結婚するはずがなかった。

「それじゃ、私はこれから用事があるから。子供達のことを任せたよ」

「ええ。大丈夫よ」

ヴィンセントはリアーナの頬にキスをして、去っていった。彼の唇が触れたところが熱い。彼に惹かれまいとしても、それは無理だった。

彼はわたしのものではないのに……。

リアーナの胸に鈍い痛みが走る。

結婚して一週間。リアーナは毎夜、彼とベッドを共にした。自分のベッドは使われていない。リアーナはいつも彼のベッドで眠っていたからだ。

もちろん、眠っていただけではないけど。

彼に抱かれるたびに、彼と言葉を交わすたびに、リアーナの心はどんどん彼に惹きつけられていくのだ。それを止める手立てはないような気がしていた。

今みたいに、リアーナの考えを尊重して、称賛してくれる彼を見ていると、気持ちが抑えられなくなってくる。

心が蕩《とろ》けてきてしまう。彼に対して無防備になってしまう。それではいけないと思っていても、どうしても止められないのだ。

わたし……彼を愛してるのかも……。

リアーナはそう思ってすぐに、慌ててそれを否定した。

違うわ。そこまで深い気持ちはないんだから。

そう思いつつも、彼のことばかりを考えている。

「王妃様、お召し替えをなさったほうがいいかと」

メルが静かな声で進言する。リアーナははっと我に返った。

「そうね。こんなみっともない格好をした王妃なんていないわよね」

本当は格好なんて気にしない。子供と接するのに綺麗なドレスを着るのが間違いなのだ。しかし、王妃としての立場がある。遠くから見守っているセザスのほうをちらりと見ると、彼は重々しく頷いた。メルと同意見なのだ。

リアーナは溜息をついた。

王妃なんて窮屈なだけだ。それでも、今はまだ王妃のふりをしなくてはならない。リアーナは苦痛だった。

「もう少しだけ子供達と遊ぶわ。それからね……」


ヴィンセントはラーナと別れたものの、まだ彼女のことが頭に残っていた。

執務室の窓から、ちょうど中庭が見える。

今も子供達の声が聞こえてきて、時々、彼女の声も交じる。余計なことに気を取られてはいけないと思うものの、どうしても気になってしまう。

ラーナが自分の計画について語ったときの生き生きとした表情が頭に浮かぶ。

彼女は本気でシルヴァーンの国民のことを考えてくれている。確かに教育は必要だ。教育によって人は変わる。それに子供が悪に染まる前に、善を教え込めば、善人になるだろう。何も知らない子供に文字を教え、本を読ませれば、どれだけ豊かな人生が送れることか。

そして、国民全員がそのように変われるとしたら……。

実現はなかなか難しいにしても、少しずつ進められるかもしれない。

ラーナとの婚約の話を進める前に、彼女のことを調査させた。だが、判ったのは閉じこもりがちだというだけで、彼女が子供を好きだとか、親のない子を引き取っているとか、そういう話は聞かなかった。

それとも、彼女はこの国に来て、急にそんな活動をしたくなったのか……？

不思議だった。しかし、それでも彼女がそういう女性でよかったと、ヴィンセントは思う。国民のためを思ってくれる妃など、なかなか見つかるものではない。重臣の間でも、彼女の人気は高まっている。

ヴィンセント自身も、日に日に彼女に対する気持ちが大きくなってきている。正直、怖いくらいだ。さっきも子供に接するときの彼女を見た途端、胸の内に喜びが込み上げてきた。

二人の間に子供が生まれたら、きっと彼女はあんなふうに接するのだろう。ヴィンセントの母親はそうではなかった。身分の高い女性はみんな乳母や子守に子供を丸投げすると思い込んでいたが、彼女はそうではないはずだ。

彼女は何事も一生懸命だ。そんな彼女のことが愛おしく感じてしまうのだ。

これが……愛というものなのだろうか。ヴィンセントはよく判らなかった。女性は好きだが、心まで囚《とら》われたことはなかった。

私は彼女を愛している……？

ヴィンセントは軽く頭を振った。たとえ彼女を愛しく思うこの気持ちが愛なのだとしても、やはり自分が国王としてすべきことが一番大切だ。

国民のために。国のために。

何かを成し遂げられたら、父王から蔑《ないがし》ろにされた過去の自分を慰められるような気がしていた。

私が国を治める能力がないとは、誰にも思わせたくない。

だから、妃のことばかり考えたくなかった。それは私事だ。公の存在である国王はそうしてはならない。

窓の外で、わあっという子供の大きな声が聞こえた。

はっとして立ち上がり、中庭のほうを見る。ラーナに何かあったのかと思ったのだ。

一瞬、ヴィンセントは自分の目を疑う。信じられない。一体、彼女は何をやっているのか。

どう見ても、ラーナは中庭にある木に登っていた。しかも、慣れた様子でドレスの裾《すそ》をたくし上げて、するすると登っていく。

侍女は驚いて、止めようとしているが、気にも留《と》めない様子だ。彼女の側近のセザスが慌てたように近づき、何か言っても、彼女は言い返すだけで降りてこない。

枝には子供が投げたであろう帽子が引っかかっている。彼女はそれをひょいと取った。子供達は歓声を上げる。彼女はするすると木から降りてきたものの、セザスに窘《たしな》められている。

それはそうだろう。ドレス姿で木登りする王妃など見たことがない。

しかし、彼女が木登りする姿は妙に板についていた。

確かおとなしい姫だという話だったのに。いや、たとえお転婆《てんば》な姫であったとしても、木登りなど普通はするはずがない。

彼女は本当に姫なのか……？

どうもラーナ姫の情報と実際の彼女にはかなりの違いがある。なんだか自分が騙された気がして、ヴィンセントは考え込んでしまった。

いや、いくらなんでも偽者をよこすほど、モルヴァーン国王も馬鹿《ばか》ではないだろう。もし、偽者であれば、両国は間違いなく衝突する。和平を望んでいるのは、向こうも同じだからだ。

そうだ。私だって、王子にあるまじき振る舞いをさんざんしたではないか。

それを思いだし、肩から力が抜けた。

自分に比べれば、ラーナが少しくらいお転婆であっても大したことはない。それより、ラーナのことばかり考えるのはやめよう。

私にはもっと大切な政務がある……。

ヴィンセントは口元を引き締め、重臣との会議の場へと向かった。

第四章　真実が明かされた日

結婚して、二週間が過ぎた。

夜、リアーナはいつものように寝支度《ねじたく》をして、ヴィンセントを待っていた。ヴィンセントの寝室で、椅子《いす》に腰かけ、蠟燭《ろうそく》の灯《あか》りで本を読んでいる。

ふと目を上げ、蠟燭の炎を見つめる。

彼はまだかしら……。

ヴィンセントはとても多忙なのだ。彼の父親はどうやら政務を怠っていたらしく、ヴィンセントは国を立て直そうと努力していた。だから、同じ城にいながら、日中はなかなか彼と会えなかった。夕食を共にしても、その後も彼は執務室にいて、寝る頃になってやっとリアーナの許《もと》に戻ってくる。それがヴィンセントの一日だった。

一方、リアーナはというと、王妃としての立場にかなり慣れてしまっていた。いや、慣れるように努力はしてきたが、完全に慣れてしまったところで、いずれ王妃でなくなるときは来るのだ。

最初は仕方なく始めたことなのに、いつしかリアーナはずっと王妃でいたいと思うようになっていた。

こういった豊かな暮らしがしたいというより、一生偽者のままでいいからヴィンセントとずっと一緒にいたかった。子供達のこともある。自分がこの城から出ていった後のことを考えると、心配でたまらない。ラーナはちゃんと引き継いでくれるだろうか。

もし、このままでいれば、リアーナはヴィンセントと共に暮らし、親のない子達を幸せにすることができる。

そうよ。そうすれば、ラーナもこのまま愛する人と幸せに暮らせるはず……。

そう思いかけたが、ラーナが本当に幸せかどうか判《わか》らない。内気らしいから、そういう性格の女性が生まれも育ちも違う人達に囲まれて、今までとはまったく違う生活をするなんて、かなり苦痛ではないだろうか。

あの公爵の息子も世間知らずのようだった。二人の行く末にはリアーナも何か危なっかしいものを感じたのだ。あのまま放置することが正しいかどうかは判らないのだ。ひょっとしたら、ラーナは今頃、城での生活を恋しく思っているかもしれない。もちろん、それは誰にも判らないことだが……。

いずれにしても、リアーナがこの城にいる権利がないことだけは確かだ。

偽者の王女で、偽者の王妃。嘘《うそ》の結婚。つまり、リアーナとヴィンセントは夫婦でもないのに、夫婦のように振る舞っているということだ。

これ以上、自分がヴィンセントに惹《ひ》かれる前に、ラーナに帰ってきてほしかった。今ならまだ傷は浅くて済む。

リアーナは小さく溜息《ためいき》をつき、開いていた本を閉じた。考え事ばかりしていて、何も頭に入らないからだ。

不意に扉が開く音がした。

ヴィンセントが自分の部屋に入ってきて、続きの間である寝室にまっすぐやってくる。

ずいぶん疲れた顔をしていたが、リアーナを見ると、微笑《ほほえ》んでくれた。彼は忙しいだけでなく、前王からの重臣に何かと反抗されていて、そのやり取りで疲れるのだそうだ。

リアーナは彼の疲れをなんとかして癒《い》やしてあげたかった。

彼に近づき、そっと抱き締める。ベッドでの営みだけでなく、二人きりになったとき、リアーナは自分から彼に積極的に抱きついたことは一度もなかったので、ヴィンセントは驚いたようだった。

「どうしたんだ？　何かつらいことでもあったのか？」

「そうじゃないの。あなたがとても疲れているように見えたから」

ヴィンセントはリアーナの身体《からだ》をギュッと抱き締めてきた。

「ありがとう。だが、君は何も心配しなくていい。私は大丈夫だよ」

彼は見かけよりずっと強い男だ。以前は、道化《どうけ》と間違えるような格好をしていたことがあるなんて信じられない。今は国を愛する国王そのものだった。

だから、リアーナは彼の手助けになることをしたかった。たとえ、すぐにこの城を去ることになっても、悔いだけは残したくない。

リアーナは彼を見上げた。

「わたしはあなたの妻よ。この国の王妃よ。何かあるなら、わたしにも教えてほしいの。わたしにも何かあなたのためになることができるかもしれないわ。ねえ、重臣とはまだ上手《うま》くいってないの？」

彼はリアーナの顔をじっと見つめていた。

「ああ、ラーナ……！」

感極まったようにキスをされて、リアーナはうっとりした。ラーナの名前を呼ばれたことに、心の痛みを感じながら。

唇を離すと、彼はリアーナをベッドに連れていった。だが、キスの続きをするわけではなく二人でベッドに腰かける。

「君の言うとおり、重臣とは上手くいっていない。いや、ほとんどの重臣は掌握したが、宰相のウィーラスとその一派だけはなかなか手強《てごわ》いんだ」

「彼ら……いえ、ウィーラスだけを追いだすのは無理なの？」

「宰相だからな。明らかに謀反《むほん》を起こしているというなら別だが、とにかくどんな議題でも噛《か》みついてくる」

「わたしのこともお気に召さないみたいだし」

彼には何度も嫌味を言われている。王妃にふさわしくないことをしている、と。

「あの男は自分の娘を私と結婚させようと目論《もくろ》んでいたのさ。それに、モルヴァーンと戦って、領土を広げようとしている。いや、国土を広げたいのではなく、自分の領地拡大のためだ。あの男は私利私欲のためにいつも動いている」

ウィーラスにはいい感情を抱いていなかったので、そんな男だと聞いて、理由が納得できた。

「あなたはそんな人といつも議論を闘わせているのね」

彼はふっと笑った。

「私がいつも勝つけどね。ただ、煩わしいんだ。一応向こうの顔も立ててやらなければならないから」

「大変ね……。わたしも両国が戦うなんて、とんでもないことだと思うわ。多くの人が犠牲になるじゃないの」

何か理由があるならともかくとして、自分の領地を拡大したいがために戦いを起こそうとしているのは許せない。

「モルヴァーンでは我が国はどう思われているんだろう？　ウィーラスみたいな好戦的な奴《やつ》はいるんだろうか？」

「えっ……あの……」

リアーナは身体を強張《こわば》らせた。なんと答えたらいいのだろう。

「あの……判らないわ……。ほら、わたし、城からあまり出なかったから……。部屋の中にいるのが好きだったの……あの頃は」

今のリアーナは子供達と外で遊んだりしている。それに、城の外にも出ていって、困っている人々を助けようと積極的に出かけていて、モルヴァーンでは部屋の中に閉じこもってばかりいたということと矛盾していた。

ヴィンセントも同じような疑問を抱いたようだ。

「君のことを調べさせたときに、そう聞いた。だが、君は……この国に来てからずいぶん変わったようだな」

「……そうなの。ここに来て、変わったの。運命を受け入れたというか……」

「運命ね……。君は二度も逃げだそうとしていたな」

ヴィンセントの声に何か不穏《ふおん》なものを感じ取ったリアーナは、ますます緊張してくる。うかつなことを言ってしまったようだ。いや、自分があんなに積極的に行動していなければ、彼もそんなに疑問を持たなかったかもしれない。

なんとかして、彼に信じてもらわなくては。

でも、何を信じてもらうの？　わたしが作り上げた嘘を？

真実でもないのに、彼にそれを信じ込ませようと考えている自分に、リアーナは罪悪感を抱いた。

「あの……わたしは最初、結婚させられるのが嫌で、それを取りやめてもらおうと、いろんな行動を取ったの。それまでは……なんでも人にやってもらっていたけど、自分でできることもたくさんあるのだと判ったのよ……」

リアーナはラーナの情報を聞いていたので、なんとか辻褄《つじつま》を合わせた。ラーナは恐らくそういう気持ちになり、駆け落ちするに至ったのだと思うからだ。

「そうか……。君はそんなに結婚が嫌だったのか」

「最初だけよ。本当よ」

リアーナはもう自分が何を信じ込ませようとしているのか判らなくなっていた。今は結婚したことを後悔していないと彼に伝えたいのだろうか。だが、リアーナはそうでも、ラーナはそうではないはずだ。

それとも、両国の平和にはそう思わせておいたほうがいいからなのか。

リアーナはふと涙を零《こぼ》した。ヴィンセントは驚いて、リアーナの頬《ほお》に手を当てた。

「どうして泣く？」

「なんだか……いろいろ思いだしてしまって……」

リアーナは取《と》り繕《つくろ》う自分が嫌でたまらなかった。

「私は何も非難なんてしているつもりはない。これは政略結婚で、君が嫌がるのにはちゃんと理由があった。私も最初はモルヴァーンの王女なら、どんな女でも構わないと思っていた。だが、今は君が結婚相手でよかったと思っている」

彼はそう言って、にっこり笑う。

たちまち胸が躍りだす。しかし、同時に複雑な思いもある。

これが普通の政略結婚なら、単純に嬉《うれ》しかっただろう。けれども、彼は自分が偽者の王女と結婚したことを知らないのだ。

しかも、わたしはラーナと入れ替わったら、すぐにここを出ていくつもりなのに。

ラーナが無事に見つかるかどうかも判らないし、今更ラーナと入れ替わることが可能かどうかも判らないが。

もっと早くラーナは見つかると思っていたのに……。

逆に入れ替わったら、別人だということが判ってしまいそうだ。どんなに顔が似ていたとしても、ラーナとは赤の他人だからだ。

ああ、なんて複雑なの？

リアーナは涙を溜《た》めた瞳《ひとみ》で彼を見つめた。

わたしもあなたが結婚相手でよかったと言いたいが、それは言えない。本当にそう思っていても、偽者の妃《きさき》が口にすべきことではないからだ。

ヴィンセントは少し落胆したように見えた。やはりリアーナが言うべきでなくても、言ったほうがよかっただろうか。

そう考えているとき、彼は話題を変えた。

「そういえば、報告書には、君は編み物をするのが好きだと書いてあった。ここに来て、君が編み物をしているのを見たことはないな」

「え……そうね。あの……環境が変わったし、忙しかったから……」

「子供達の世話ばかりしているからだ。編み物がしたければ、いくらでもするといい。他には、絵を描くのが好きだと書いてあったな」

「ええ……」

リアーナは編み物をするのも絵を描くのも苦手だった。してみせろと言われたら、困ってしまうだろう。

「……編み物や絵より、子供達の世話のほうが楽しいから……」

おずおずと答えると、不意にヴィンセントは何かを考え込むような表情になった。

「変だな。報告書に書かれている君と、実際の君はずいぶん違う気がする」

「そ、そんなことないわ！　わたしは偽者なんかじゃないわ！」

そう言った途端、リアーナは自分の間違いを悟った。

「偽者だって?」

彼はあっけにとられたような顔をした後、笑いだし、それから不意に表情を強張らせ、疑いの眼差《まなざ》しでリアーナを見てきた。

今の今まで、彼はどんなに報告書に書かれたラーナとリアーナが違っていても、おかしいと思うだけで、本気で疑っていたわけではなかったのだ。それなのに、リアーナが偽者ではないと言った途端、彼の心に疑いの種が蒔《ま》かれたのだろう。

余計なことを言わなければよかった!

リアーナは強張った笑みを彼に向けた。

「変なことを言ってごめんなさい。その……あんまり報告と違うって言われたから、ついムキになってしまって……」

さりげなくごまかしたつもりだったが、一度疑ってしまうと、なかなかそれが抜けないものだ。

彼は頷《うなず》き、何気ない表情で口を開いた。

「確かに、君が偽者のわけはないな」

「ええ。もちろん……」

「ところで、君の国では、王家の者には生まれたときにそれぞれ紋章が授けられると聞いた。君の紋章のモチーフはなんだったかな？」

リアーナは答えられなかった。ラーナの暮らしの様子は聞いていても、紋章の話など聞いていない。確か、ラーナの馬車に何か紋章がついていたような気がするが、どうしてもモチーフが何かが思いだせない。

「え……と、花です」

「なんの花だった？」

「百合……よ。百合の花」

どうしても思いだせないので、それらしいことを口にする。けれども、さすがに平然と嘘はつけなかった。しどろもどろになってしまって、怪しく思われても仕方ない。

どうしよう……。

ヴィンセントは唇を引き結んでいる。彼はすっと立ち上がると、黙って部屋を出ていこうとする。

「待って……。どうしたの？」

彼は振り返った。その顔には表情がなく、リアーナはとても恐ろしかった。

「用を思いだしたんだ。君は先に眠っているといい」

彼に疑われてしまったんだわ！

リアーナは彼が部屋を出ていくのをじっと見ていた。胸がキリキリと痛み、涙が溢《あふ》れてくる。

わたしはもう彼の妻ではいられなくなるのかもしれない。そう思うと、涙が止まらなくなってくる。

次々と、彼との思い出が甦《よみがえ》ってくる。

最初に会ったときは、道化と間違えた。すぐに彼は国王で、見かけによらず一筋縄《ひとすじなわ》ではいかない相手だと判った。次に、優しいところもあると判り、それから国を愛し、国民を愛していることを知った。

彼は時々、王妃らしからぬ行動を取るリアーナを理解し、認めてくれた。

結婚相手がわたしでよかったと……そう言ってくれたのに。

疑いの種は芽を出し、育っていくだろう。すぐには偽者だという証拠を見つけられないかもしれないが、調べられれば真実が判るのは時間の問題だ。それに、もう彼は二度と優しい目で見てくれないはずだ。

両国の平和以外にもいろんな不安はある。リアーナはもちろん、モルヴァーンからやってきた者達は牢《ろう》に入れられるかもしれないし、命も危ない。

でも、それ以上に、リアーナは彼に冷たい眼差しで見られると思うと、悲しかった。

わたしは彼を好きだから。……いいえ、愛しているから。

ずっと彼への気持ちを抑えようとしていた。彼を愛しても、自分が傷つくだけだと判っていたからだ。けれども、今になってはっきりと判る。

わたしは彼を愛してる……。

愛さずにはいられなかった。どんなに抑えようとしても。

しかし、結局、わたしは傷つくのだろう。彼は先に眠っていてもいいと言った。きっと今夜はここには戻らないはずだ。

そして……。

もう、わたしは彼にキスされることすら、これからはないかもしれない。


翌朝、想像したとおり、リアーナは一人きりだった。

昨夜はほとんど眠れなかった。胸が張り裂けそうなくらい悲しかったからだ。今更、ヴィンセントに言い訳をしたところで、もう手遅れだろう。ただ、リアーナは自分の身に罰が下されるまで、息を潜《ひそ》めて待つしかない。

朝食のときも、ヴィンセントを見かけなかった。

いつものように、リアーナの周りには何人もの女官がいる。リアーナは広間から彼女達を追い払い、セザスを呼び、メルだけを傍《そば》に置いて、ヴィンセントに疑われていることを告白した。

「困ったことになりましたね……」

リアーナの前で跪《ひざまず》くセザスは重々しい口調で言った。

「わたしが悪いのよ。ごめんなさい……。上手くごまかせればよかったんだけど」

後で確かめたが、ラーナの紋章のモチーフは二羽の小鳥だった。

「いいえ、あなたのせいではありません。あなたが努力していたのは判っています。頑張っていたことも……」

そう言いつつも、セザスの顔は沈痛な表情を浮かべている。リアーナは責任を感じた。彼はリアーナのためにこの国に残ってくれたのだ。そうでなければ、彼は今頃、国に帰っていたはずだった。

リアーナは彼に尋ねた。

「ねえ、ラーナ姫はまだ見つからないの?」

「それが……乳母の実家の場所がだいたいのところしか判らなくて……。しかし、疑われてしまったら、今更、入れ替わっても遅いかもしれません。このまま本物のふりをするしか……」

「それは無理よ。だって……わたしの帰りを待っている人もいるし。それに、しらばくれてもいずれは判るはずよ」

ヴィンセントは一筋縄ではいかない男だ。なんとか証拠を見つけだすに違いない。そして、自分達は罰せられる。

リアーナはその日が来るのが怖かった。けれども、いつその日が来るのか怯《おび》えながら暮らすのも怖い。

「王妃様……」

「いいえ、わたしは本物の王妃じゃないのよ。ただの田舎娘《いなかむすめ》のリアーナなのよ」

そのとき、どこからともなく、声が聞こえてきた。

『やはり偽者なんだな……』

セザスははっとして立ち上がった。リアーナも真っ青になり立ち上がって、辺りを見回す。声はヴィンセントのもののように思えたが、この部屋のどこにも彼の姿はない。

すると、壁の一部に埋め込まれている大鏡の部分がくるりと回転して、扉のように開いた。そして、そこにいたのはやはりヴィンセントだった。

リアーナは最初に彼に抜け道のような通路があることを教えられた。その抜け道はヴィンセントの寝室に繋《つな》がっていたが、他の場所にも繋がっていたのだ。そのひとつがここだったに違いない。

彼は暗い眼差しでリアーナを見つめていた。

「君が偽者なら、側近の誰かは事実を知っているはずだと思った。私が疑っていることを知れば、相談するだろうと」

彼はそこを押さえて、自《みずか》ら証拠を摑《つか》もうと身を潜めていたのだろう。リアーナは何か言おうとしたが、唇が震えて言葉が出なかった。

もう……終わりよ。何もかも終わりなのよ。

リアーナは処罰を受けることより、彼に真実を知られて、この結婚が終わることのほうがつらかった。もう二度と彼に微笑みを向けられることも、キスされることも、抱かれることもない。

セザスは膝《ひざ》をついた。

「シルヴァーン国王陛下……。彼女は何も悪くありません。私がそうせよと無理強いしたのです」

リアーナはギョッとして目を見開いた。彼は自分だけ罪をかぶるつもりなのだろうか。ラーナが逃げだしたこと、リアーナがそれに手を貸したことが悪かったのだ。セザスはなんとか事態を収拾しようとしただけだ。

「彼は悪くないわ！　わたしが悪いのよ。わたしがラーナ姫と入れ替わったんだから！　彼はただ巻き込まれただけなの。わたしを守ってくれようとしているだけで……」

「黙りなさい！　あなたは私の指示に従っただけです」

セザスは何故《なぜ》だかリアーナを守ろうとしているようだった。それとも、何かあったら自分が責任を負うと決めていたのだろうか。

ラーナが偽者と判った以上、これはシルヴァーンとモルヴァーンという国同士の問題に発展する。そのとき、リアーナはモルヴァーン国民でさえないのだから、責任など取れるわけがない。

それでも、リアーナはセザス一人に何もかも押しつけたくなかった。

「お願い、ヴィンセント……。いいえ、陛下」

馴《な》れ馴《な》れしく国王の名前を呼ぶわけにはいかない。リアーナもセザスのように跪いた。傍《かたわ》らを見ると、メルもとっくに同じようなポーズを取り、震えてうつむいていた。

「お願いします……。セザスは何も悪くなんかないの。本当です！」

リアーナは両手を胸の前で組み、ヴィンセントに訴えた。

彼はしばらくリアーナを見下ろしていたが、やがて口を開く。

「ラーナ……いや、リアーナと言ったか。どうしてラーナと入れ替わることになったのか、嘘をつくことなく話すんだ。他の者は何も言うな」

彼の声はとても冷たかった。もちろん眼差しも冷たい。リアーナは震えながらも、こうなったら真実を話すしかないと思った。ヴィンセントは優しい人だ。それを信じて、すがるしかない。

嘘を言ったり、ごまかしたりするほうがよほど事態を悪くする。リアーナは直感的にそう思ったのだ。

「わたしは田舎の領主夫人の侍女を務めていました。モルヴァーン王女の一行が通ると聞いて、行列を見にいこうとして……自分そっくりの人に会ったんです。それがラーナ姫でした」

それから、リアーナはどうしてラーナと入れ替わったかを話した。ヴィンセントはラーナに恋人がいて、結婚を嫌がっていたのだと聞いて、眉《まゆ》をぴくりと動かしたが、何も口を挟まなかった。

「わたしは頃合いを見て逃げるつもりでしたが、セザスは二度とラーナ姫を逃がすまいと決心していたので、どうしても逃げられず、とうとうこの城まで来てしまいました」

リアーナはセザスが悪いのではないのだと言いたかった。ヴィンセントは肩をすくめた。

「つまり、あのとき君が逃げようとしていたのは、私との結婚が嫌だったのではなく、偽者だったからなんだな」

「はい……」

リアーナはあのときのことを妙に懐かしく思った。彼はおかしな格好で現れて、リアーナを寝室に連れ込んだのだ。

「わたしはとうとう逃げることができなくなって、セザスに本当のことを告白しました。彼はこれが国同士の諍《いさか》いになることを恐れていました。ラーナ姫を捜すから、見つかるまでそのまま姫を演じてほしいと……」

「それで、君は私と結婚する羽目《はめ》になったというわけか。そして、ラーナが見つかったら、何事もなく入れ替わって、私を騙《だま》せばいいと……。私が入れ替わりを見破るとは思わなかったのか?」

そう言われると、ずいぶんヴィンセントを馬鹿《ばか》にした計画に思えた。

「ごめんなさい……。ラーナ姫が逃げたと判ったら、わたし達はみんなどうなるのかと怖かったんです。もしそれがモルヴァーン国民にまで影響が及んだら……」

「私はモルヴァーンに攻め入ったりしない！」

激しい口調で彼は言った。

確かに今はそう思う。戦争をすれば、シルヴァーンの国民にも被害は及ぶ。国民を愛する彼がそんなことをするわけがないのだ。

「あのときは判らなかったの……。とにかくセザスはなんとか穏便《おんびん》に済ませようとしました。悪いのは、深く考えずにラーナ姫と入れ替わってしまったわたしなんです」

ヴィンセントは厳しい表情でゆっくりと首を横に振った。

「誰が悪いというわけではないだろう。強《し》いて言えば、王女としての責任を放棄したラーナと、彼女に恋して愚かな行動を取った男だ」

そう。強いて言えば、そういうことになる。しかし、若い恋人達が引き裂かれて当然だとは思わなかった。

彼は頭《こうべ》を垂れたセザスに目を向けた。

「ラーナ姫を捜しているのか？」

「はい。まだ見つかったという報告はありませんが」

「それなら、おまえが自ら捜しにいくんだ。責任を持って、ラーナ姫とその相手の男を保護しろ」

セザスははっと顔を上げたが、また頭を下ろす。

「承知しました。必ず陛下のご命令どおりに致します」

「今すぐ行け」

セザスはちらりとリアーナに目をやったが、ヴィンセントの命令に従った。メルも出ていくように言われて、リアーナは彼と二人きりになった。

「立つんだ」

リアーナはよろよろと立ち上がる。ヴィンセントはリアーナの腕を摑むと、寝室のほうに連れていく。

「あの……」

「黙れ」

リアーナは彼の寝室に連れていかれて、ベッドに投げだされた。驚いて、起き上がろうとすると、上から押さえつけられる。

「や……めて……」

「君には私を止める権利などない」

そうかもしれない。リアーナの運命は彼が握っている。彼の一言で、リアーナなど処刑されることもあり得る。

彼はリアーナの顎《あご》を上げ、睨《にら》みつけた。ひどく危険な表情をしていて、リアーナは恐ろしくなってくる。いつもの優しさの欠片《かけら》も感じられない。

「私達の結婚も最初から偽りだったということだな」

彼は憎々しげに言った。

「君は私の妃ではない。この国の王妃でもない」

彼の言うとおりだ。ただの田舎娘のリアーナだ。

「だが、これを誰にも知られるわけにはいかない。特にウィーラスに知られたら、すぐにモルヴァーンに戦争を仕掛けると言い張るだろう」

そうだった。そもそもウィーラスはリアーナが王妃らしくないとさんざん言っていたのだ。モルヴァーンに攻め入り、領地を奪い、ヴィンセントに自分の娘を嫁がせれば、すべて願いが叶《かな》うことになる。

「ウィーラスは父王をずっと裏から操ってきた。私も同じように操れると思ってきたが、そうではなかったので、私のことを憎んでいる。もし、妃が偽者だと今まで気づかずにいたと知られたら……私は王としての資質を問われることになるだろう」

「そんな……まさか……」

「いや、モルヴァーン王女としてやってきたのが田舎娘だったのに気がつかなかったなんて、普通はあり得ないと思うだろう。そんなことも気づかない王は大馬鹿者だと思われるだけだ」

今や、この件でヴィンセントの王位まで脅かされているのだ。リアーナはどう償っていいか判らなかった。

許してほしいなんて言えない。罰は甘んじて受けるべきだ。

「君が偽者だと誰が知っている？」

「セザスとメルだけです。最初は彼らもわたしがラーナ姫じゃないと言っても、なかなか信じてくれなくて……」

彼は眉をひそめた。

「二人はよほど似ているのだな」

「外見は。性格は違います」

ヴィンセントはふっと笑い、リアーナの頬を指でなぞった。いつもなら、うっとりするところだが、今のヴィンセントは怖くて、そんな気にはなれない。

「部屋にこもりがちな内気な姫、だったか。編み物をするのと絵を描くのが得意。君とはまったく違うようだな、リアーナ」

嘲《あざけ》るように言われて、リアーナは傷ついた。傷つく資格もないかもしれないが、心の動きはどうすることもできない。

彼を愛したくなくても、愛してしまったように。

ラーナと呼ばれるたびに、リアーナと呼んでほしいと何度も思った。しかし、嘲りと共に呼ばれた名前を聞いて、嬉しく思うより、悲しいだけだった。

「とにかく、表面上はまだ君とは夫婦のふりをする。君はこれからもラーナを演じるんだな。彼女が連れてこられるまで」

つまり、彼は自らリアーナとラーナを入れ替えるつもりなのだ。リアーナの胸に鈍い痛みが走った。

そのとき、わたしはお払い箱になるのね……。

だが、それで丸く収まる。誰も処罰されない。犠牲になるのはリアーナとラーナ、そして、ラーナの恋人の三人だけだ。

ヴィンセントがリアーナとラーナを入れ替えることをなんとも思ってないらしいところが、つらかった。自分は取り替えのきく存在だったのだ。

彼が優しくしてくれていたので、ひょっとしたら愛されているかもしれないなんて思っていたのに……。

それはすべて幻《まぼろし》だった。

リアーナの目に涙が溢れてくる。

「何故泣く？」

「わ、わたし……ごめんなさい」

「謝っても、なんの意味もない。……いや、君に償えることがひとつだけあったな」

彼はニヤリと笑った。怒っている目つきのまま笑うので、凄味《すごみ》がある。リアーナは怖かったが、動けなかった。


リアーナはベッドに横たわり、布で目隠しをされていた。

両手首はまとめて縛《いまし》められていて、頭の上に上げられている。目隠しされているために、ヴィンセントがどんな表情をしているのかが判らない。

つまり、彼がどんな考えを持っているのか、そして何をされようとしているのかが判らないということだ。

まだ午後にもなっていないはずだが、リアーナは素裸にされていた。

身体が震えているが寒いからでなく、怖いからだ。対照的にヴィンセントはまったく服を脱いでいないようだった。彼に覆いかぶさられるが、肌に衣服が擦れて、ドキッとする。

わたしだけがこんな惨めな格好を晒《さら》しているんだわ……。

しかし、彼になんの文句も言えない。そんな権利などないからだ。

リアーナは唇を引き結んだ。泣きごとなんか言わない。どんなことをされても、耐えてみせよう。

耐えたところで、彼の、リアーナへの評価が上がるわけでもない。ただ、リアーナは償いのために我が身を差しだしていた。

騙したくて騙したわけではない。しかし、騙したことには変わりはなかった。

それに、ラーナと入れ替わったことで、彼の王位も危ないのだ。彼が怒るのも当たり前だった。

彼の掌《てのひら》がリアーナの脇腹《わきばら》を擦《さす》っていく。リアーナはビクンと身体を震わせ、ぐっと唇を噛《か》み締《し》める。

「偽者のラーナ……。夫でもない男に触れられて、こんなに感じるんだ？」

嘲るように耳元で囁《ささや》かれ、リアーナは屈辱を感じた。

わたしはリアーナなのに……。

偽者のラーナと呼ばれるのは嫌だった。もちろんそれを嫌だと言うわけにはいかなかったが。

「本当の結婚でもないのに、身体を許すなんて……。一体、なんの見返りがあるんだ？　金か？　君は金で身体を売るのか？」

彼は嘲りの言葉を連ねる。

「わたしはお金なんかもらってないわ！」

ただ耐えるつもりでいたが、どうにも我慢ができずに反論する。

「成功したら、金をもらう約束だったんじゃないか？　ただで、純潔を捧《ささ》げるとは思えない」

「違う……っ」

リアーナは首を激しく横に振った。

「最初はラーナ姫を可哀想《かわいそう》に思ったから……。ここに来て、セザスに両国の平和のために我慢してくれって言われて……」

彼の手がリアーナの身体の上で一瞬痙攣《けいれん》するように震えた。

「……我慢したわけか？　そのわりには、私に抱かれるたびに、ずいぶん燃え上がっていたようだが」

「だって……」

「何か特別な理由でもあるのか？」

リアーナは言えなかった。

彼を好きになってしまったから、抱かれて感じたのだと。言いたいけれども、こんな状況ではとても言えない。

それに……これは恥の上塗りだ。彼はリアーナをいたぶることしか考えていない。だとしたら、自分が彼に惹かれていることを知られたくなかった。

まして、愛しているなんて……。

絶対に言えないし、知られたくない。本心だけは彼の侮辱で汚されたくなかった。

「理由はないのか？　それなら、君は単なる淫乱《いんらん》な娼婦《しょうふ》と同じということだ。どんな男にも身を任せる女だ」

「違うわ……。違う。そんなの……」

リアーナは泣きだしそうになった。

愛する人に娼婦と同じだと言われて、苦しかった。これが罰なのだとすれば、どんな罰よりもつらい。

不意に、両方の胸を掌に包まれた。温かくなるが、いつもとはどこかが違う。それは、彼の優しさが感じられないからだ。それなのに、指で乳首を弄《いじ》られているうちに、身体の内部からじんと痺《しび》れるような快感が込み上げてくる。

感じれば、娼婦と同じという彼の意見が証明されるような気がして、リアーナは甘い声が出そうになるのを必死で堪《こら》える。

もっとも、声を出そうが出すまいが、リアーナが感じているかそうでないかなんて、ヴィンセントにはすぐに見分けられるだろう。いくら演技してみても、同じことだ。我慢しても、平気なふりまではできなかった。

胸を愛撫《あいぶ》されながら、唇を奪われる。舌を絡められると、たちまちリアーナの頭から我慢の二文字は消えてしまう。

あなたを愛しているの……。

言葉にはできない想《おも》いが、頭の中に渦巻く。

いつしかリアーナは彼の舌に自分の舌を絡めていた。キスするたびに、何度もそうしていたからだ。

彼の身体に抱きつきたい。背中に手を回して、しがみつきたい。自分の感情やいろんなものを受け止めてほしかった。

でも……それはもうできないの。

手首を縛られているからだけでなく、彼にしがみつく権利を持たないからだ。

嘘の結婚式で、偽りの誓いをした。二人は神に認められた夫婦とは言えないし、愛する人は夫ではない。これから夫になる予定もない。

ラーナが連れてこられたら、入れ替わることになるのだろう。ラーナは王妃となる。リアーナは城を追いだされ、すごすごと田舎に帰らなくてはならない。他の誰かと結婚など望むべくもない。

人助けだったとはいえ、純潔を失ってしまった。愛する人に捧げられたことを後悔しているわけではないが、それでもヴィンセントに捧げられたものは、もはや他の誰にも捧げることはできない。

それに、ヴィンセント以外の夫なんて欲しくなかった。

わたしは一生ネフェリア様の侍女でいればいいのよ。

ネフェリア様は優しく迎えてくれるだろう。故郷に帰ったら、すべて彼女に話して聞かせよう。金髪の美しい国王の話を。彼を愛し、結ばれる運命であっても、添い遂げる運命でなかったことを。

しかし、今はただ償いのために身を投げだすことしかできなかった。

突然、唇が離れる。

「……君を苦しめてやりたい」

彼はそんなにわたしを憎んでいるの？

憎まれても仕方ない。騙したくなかったが、結果的には騙してしまったのだから。

彼はリアーナの両脚を大きく広げた。目は見えないが、自分がどんな格好になっているかは想像できる。思わず息を呑《の》んだ。

抱かれるときはいつも夜だった。蠟燭の頼りない光の中でも、こういうポーズを取らされると恥ずかしくて仕方ない。だが、今はまだ午前中だ。窓から光が入っている。

「おや、こんな辱《はずかし》めを受けているというのに、君の大事なところは濡《ぬ》れているじゃないか」

リアーナの頰は真っ赤になった。

彼はわざとそう言っている。リアーナを苦しめたいからだ。それが判っていても、彼の言葉で娼婦のように貶《おとし》められている気がした。

わたしは彼を愛しているから、反応してしまうだけなのに。

彼は秘部に触れてきて、その中に指を差し込んでいく。

「ほら……こんなに……」

彼が指を動かすと、ますますそこが蕩《とろ》けてきてしまう。彼の指を喜んで受け入れてしまっている。

「あ……んっ……」

「まったく君は淫乱なんだな。ほんの少し前まで処女だったのに、こうしてやれば喜ぶ。きっと、私以外の男にも、君は脚を開くんだろう?」

「違うわ……っ!」

リアーナは激しく首を横に振った。

「君は本当の夫でもない男と寝たんだ。判っているだろう？　私達の結婚は本物じゃない。君は私の妻じゃない。ただの……どこの誰とも知れない女だ」

リアーナは苦痛だった。

彼の言葉のひとつひとつに傷つけられる。けれども、彼もまた二人が夫婦でなかったという事実にショックを受けているのかもしれない。

「そろそろ……指だけじゃ……もう足りないんじゃないか？」

心は傷ついているのに、身体はしっかり反応している。身体と心を結ぶ糸が切れたみたいになって、自分でも何がなんだか判らないまま、腰を揺らしていた。

「ラーナ……いや、リアーナ。ここに何を入れてほしい？　何か欲しいんだろう？」

「そんな言い方……！　わたしは何も欲しくないわ」

リアーナが欲しいのは彼だけだ。彼に抱かれたい。それなのに、彼はその行為も侮辱するような言い方をしてくる。だから、リアーナも本心を告げたくなかった。

不意に、耳にヴィンセントの吐息を感じた。だが、次の瞬間、耳朶《じだ》にツキンと痛みを感じて、リアーナは小さな悲鳴を上げた。

彼は耳朶を噛んだのだ。

「正直に言えよ、リアーナ……。君が欲しいものはなんなんだ？」

「あ……あなたよ。あなたが欲しい……」

言いたくなかったのに、言わされてしまった。リアーナは唇を噛んだ。

彼はリアーナの目隠しを外した。彼の燃えるような眼差しがリアーナを貫く。

「ヴィンセント……」

「『陛下』と呼べ。私は君の夫ではないからな」

彼に身体を引っくり返されて、慌てて縛められた両手で身体を支える。腰だけが高く上がり、ドキッとする。

体勢を整える暇もなく、後ろで衣擦《きぬず》れの音がしたかと思うと、露《あらわ》な秘裂に彼のものが触れた。

「いやっ……」

彼はリアーナの腰を押さえて、いきなり内部に侵入してきた。

「あぁぁ……っ！」

リアーナは衝撃を受けて、声を出さずにはいられなかった。いきなりだったにも拘《かか》わらず、リアーナの身体は意外なほど彼をすんなり受け入れていた。

わたしの身体はこんなにも彼に馴染《なじ》んでいるんだわ……。

だからこそ、初夜のとき、彼と結ばれるのは運命だと思ってしまったのだ。二人は惹かれ合い、身体も引き合っていたから。

けれども、過酷な現実のほうが運命だった。彼は真実を知った瞬間、リアーナを憎むこ

とにしたに違いない。

わたしは彼を憎むことなんてできないけれど……。

たとえ、こんなひどいことをされたとしても。

彼はリアーナの中を動いていく。自分勝手に動いてくれるなら、まだいい。彼は手を前に回して、リアーナの感じる部分も同時に刺激していく。

「や……やぁっ……あん」

無理やりされていることなのに、感じたくなんかない。彼に抱かれながら、理性をなくしたくなかった。

しかし、彼は容赦なくリアーナから自尊心を奪った。身体が勝手に蕩けていって、快感が全身を駆け巡っている。もちろん理性なんて完全になくなっていた。

「あっ……あん……ぁ……っ」

淫《みだ》らな声が止められない。奥のほうまで何度も突かれて、熱い痺れが身体中に広がっていく。

もう……ダメ！

リアーナが耐えられず、身体を強張らせる。その瞬間、彼はぐいと奥まで腰を押しつけた。

「あぁあっ……！」

貫かれている部分から頭の天辺《てっぺん》まで、鋭い快感が突き抜けていく。同時に、彼もまたリアーナの中に熱を注ぎ込んだ。

胸の鼓動がまだ激しいうちに、彼は身体を離した。

リアーナはベッドに崩れ落ちる。甘い余韻を楽しむ気力もない。優しさの欠片もないように抱かれて、身体は快楽に浸《ひた》っていても、心はとても惨めだった。

彼はリアーナの手首の縛めを解《ほど》いた。

見上げると、暗く厳しい表情をしている。リアーナの髪に触れようとしたが、思い直したように手を引っ込め、吐き捨てるように言った。

「しばらくの間、ラーナを演じるんだな。この部屋の内でも外でも」

リアーナは目を見開いた。

彼は本物のラーナが帰ってくるまで、リアーナをこんなふうに扱うと言っているのだ。何か言いたいけれど、何も言えない。言葉も見つからない。彼が悪いわけではないのだ。

それでも、愛する人にこんな扱いを受けるのは悲しくて……。

リアーナの目から涙が溢れだした。

彼は何か言いたげに口を開いたが、やはり思い直したように唇を引き結び、立ち去った。扉の閉まる音が虚《むな》しく響く。

リアーナは裸の身体を丸めて、泣きだした。
せめて彼のことなど、なんとも思っていなかったらよかったのに。
心が壊れてしまいそうだった。

第五章　運命の舞踏会

リアーナが偽者だとヴィンセントに知られてから、十日ほどが経《た》った。

あれから、ヴィンセントとは寝室でしか触れ合えないようになった。公に国王と王妃が揃《そろ》わなくてはならない場面以外、人前ではほとんど顔を合わせたこともない。たまたま城の中で会っても、彼は他人行儀な態度で頷《うなず》く程度だった。

しかし、寝室では違う。

彼は貪欲《どんよく》にリアーナを求めた。話などしないし、事が終われば、彼はリアーナに背を向けて眠った。

以前の二人は抱き合うようにして眠りについたのに。

そう思うと、涙が出てくる。

不思議なのは、彼がリアーナを寝室から追いださないことだった。王妃の寝室はあるが、リアーナはまだ使ったことがない。ベッドを整えるのは召し使いの仕事だ。今まで一緒に眠っていたのが別々のベッドを使うことになれば、二人が不仲だと城の中で噂《うわさ》が広がるからだろうか。

他に理由は考えつけない。抱いた後にはもう触れたくないと背を向けるくらいなら、いっそ別々のベッドを使ったほうがいいに決まっている。

リアーナは優しかった頃の彼が恋しくて仕方なかった。いつも守るように近くにいてくれたセザスは、ヴィンセントの命令でラーナを捜しにいったから、リアーナの味方と言えるのは今やメルしかいなかった。

ただ、ヴィンセントもリアーナが偽者であると知っているので、公の場でどう振る舞っていいか判《わか》らないときなど、彼が小声で指示して、助けてくれることもある。そういうときには以前の優しさを感じ、嬉《うれ》しくなってくるが、彼にしてみれば、リアーナの正体が知られてしまうと、自分の立場も危なくなるからなのかもしれない。

悲しいけれど、優しくされたいと思うのは図々《ずうずう》しいだろう。それに、ラーナと入れ替われば、自分はもう用済みだ。

所詮《しょせん》、わたしはラーナ姫の代役なのよ……。

もうラーナは見つかっただろうか。そして、城に向かっている最中なのか。

いずれにしても、自分がヴィンセントに抱かれるのも、あとわずかに違いない。そう思うと、今のうちに少しでも彼と触れ合っておきたかった。

ラーナが来れば、すべてが変わる。

リアーナはそんな不安な毎日を過ごしていた。

今、リアーナは子供達の部屋へ行くために、舞踏会の準備で忙しい城の中をボンヤリと歩いていた。後ろからメルがついてきている。メルはもちろんラーナの侍女だが、不思議なことにリアーナにも本当によくしてくれていた。

子供達の部屋に着くと、彼らはいつものようにリアーナの周りに集まり、歓迎してくれた。ヴィンセントのことで傷ついていたリアーナにとって、ここは憩いの場だった。

「王妃様！　もうすぐお誕生日なんでしょう？」

一人の子供がリアーナに尋ねた。

もうすぐラーナの誕生日なので、それを祝うために舞踏会が開かれるのだ。

リアーナ自身は自分の誕生日を知らない。一応、ネフェリアが拾ってくれた日が誕生日となっているが、生まれた日も場所も、それからどんな親から生まれたのかも判らなかった。

同じような境遇の子供達がこの中にいる。そう思うと、彼らが愛《いと》しくて仕方なかった。

リアーナは胸の中に飛び込んできた小さな女の子を抱き上げた。

「そうよ。お祝いがあるから、あなた達にもご馳走《ちそう》が振る舞われるわ」

男の子達が歓声を上げて騒いだ。最初ここに来たときは痩《や》せ細《ほそ》っていた子も、ずいぶん血色がよくなっている。

来年、それから再来年と、彼らはずっと大きくなっていく。けれども、リアーナはその成長した姿を見られないのだ。せめて、ヴィンセントが彼らのためにリアーナの仕事を誰かに引き継がせてくれるといいのだが。

ヴィンセントなら大丈夫だと思いながらも、この城を去るときが来たなら、彼に子供達のことを頼もう。ラーナと話すことができたら、彼女にもこのことを話そう。内気なラーナがどこまでしてくれるか判らないけれど、話せば判ってくれるかもしれない。

外見がそっくりなのだから、中身もどこか似ているところがあると信じたかった。

リアーナは子供達を集めて、文字を読む練習をさせた。大きく文字を書いた紙を見せて、みんなで読んでみる。書く練習は各自していた。リアーナは提出されたものを見て、一人一人にもっと間違いなく書けるように練習をさせている。

最初は文字に興味がなかった子供も、だんだん興味が出てきたみたいだ。こうしたことがどれだけ役に立つのか、リアーナは繰り返し教えていた。

彼らは城の中で暮らしているが、やがては外の世界に出ていかなくてはならない。自分の力で生きていくときのための大事な力になるのだから、リアーナは城にいる間できるだけたくさんのことを彼らに教えてあげたかった。

「みんな、よくできたわね。さあ、今日はこれで終わりよ。これからどうする？　中庭で遊びましょうか」

子供達から歓声が上がる。リアーナは微笑《ほほえ》んで、扉のほうに向かおうとして、足を止めた。そこにはヴィンセントが壁にもたれて、腕を組んで佇《たたず》んでいたからだ。

ヴィンセントはある決意をして、リアーナの許《もと》にやってきた。

だが、ここで子供達と過ごす彼女の姿に見蕩《みと》れていたのだ。彼女はやはり素晴らしい女性だ。

怒りに自分を見失っていたとはいえ、どうしてそれを忘れていたのだろう。

まったく……私は馬鹿《ばか》だ。

大事なのは誰なのか。信用できるのは誰なのか。それさえも判らなくなっていた。

さっき、セザスからラーナが見つかったという知らせが届いた。それによって、すべてが変わる。

ヴィンセントはもはやリアーナとラーナを入れ替えることはできないと悟った。

現実的な話として、今更、二人が入れ替わっても混乱するだけで、誰も幸せにはなれない。ラーナには会っておきたいが、それは彼女を手に入れるためではなく、身を潜めることなく暮らしてもらいたいと思うからだ。

それに……。

何より、リアーナを手放したくない。

自分勝手に政略結婚から逃げたラーナは、リアーナのような慈悲深い王妃にはならないだろう。いや、そうでなかったとしても、ヴィンセントはリアーナに傍《そば》にいてもらいたい。彼女がいない世界を想像したら、それだけで悲しみや怒りに身を焼かれそうになってしまう。

私は彼女を愛しているから……。

『ラーナ』が偽者であると判ったとき、信じていた世界が壊れた気がした。怒りに任せて、彼女をいたぶり、傷つけたが、それは悲しみからだった。やっと巡り合えた運命の女性と別れなくてはならない理不尽さに怒りを感じたからだった。

冷静になるに従って、彼女を傷つけたことを後悔するようになった。自分の鬱憤をぶつけるなんて愚かなことをした、と。

そして、やっと気づいたのだ。

あんなに激怒したのは、彼女を愛していたからだと……！

いや、本当のことを言えば、もっと前に気づいていた。それを認めたくなかっただけだ。そして、今、子供達と一緒にいる彼女を見て確信した。

この気持ちは一生変わることがない。

この胸の内に溢れる感情は誰にも止めることはできない。

たとえ、どんなことをしても、リアーナを自分の許に留《とど》めておくつもりだ。まずはリアーナ本人を説得しなければならない。

いきなり愛の告白をするのはよくないだろう。

まずは……。

そう。まず必要なのは仲直りだ。

ヴィンセントは、自分がいることに気づいて驚いているリアーナを熱く見つめた。

リアーナはヴィンセントに見られていたことに動揺していた。

だが、子供達は無邪気なものだった。

「王様だ！　王様、いつもありがとうございます！」

子供達にはここで暮らせるのは、国王のおかげだと言い聞かせている。リアーナに感謝されても、自分は途中で出ていく身だから、これから先のことについては責任が持てない。ヴィンセントのおかげだと思ってくれたほうが、リアーナも気が楽だった。

それにしても、何故《なぜ》ここに来たの？

彼は多忙で、今までここに来たことがなかったのだ。

ヴィンセントは子供達に笑顔を見せた。

「ちゃんと勉強をしているか？」

「はい！　してます！」

年長の男の子は彼を憧《あこが》れの眼差《まなざ》しで見ていた。リアーナが最初に見たときのような格好であれば、彼らもそういう目では見ていないだろうが、今のヴィンセントは国王らしい格好をしていて、威厳があった。

彼はリアーナをちらっと見て、子供達に言った。

「妃《きさき》に用があるんだ。君達は先に中庭で遊んでいなさい」

子供達は喜んで、世話係の女性と一緒に部屋を出ていった。

「君もだ」

どうすべきか迷っていたメルは真っ赤になった。

「わたしは廊下でお待ちしています」

「そうするがいい」

子供達が去ってしまうと、部屋の中はがらんとしている。ここは広間になっていて、椅《い》子《す》や小さなテーブル、おもちゃが置いてある。子供達が寝起きするのは隣の部屋だった。寝室以外でヴィンセントと二人きりになったのは久しぶりだ。リアーナは上目遣いで彼を見つめた。

「あの……わたしに何か用事でしょうか」

ヴィンセントはふと溜息《ためいき》をついた。

「君はもっと元気がよかったのにな。ずいぶん痩《や》せた気がする。……何か変わったことでもあったか？」

「変わったことって……？」

意味が判らず、リアーナは目をしばたたかせた。彼は軽く溜息をつく。

「せっかくだから、座ろうか」

リアーナは頷き、子供達のために用意した椅子のひとつに腰を下ろした。彼もリアーナの目の前に腰かけるが、座り心地が悪そうだ。小さな椅子に、身体の大きな男性が座ると、なんだか妙に微笑ましい感じがする。

「何を笑っているんだ？」

彼は怪訝《けげん》な顔で尋ねてくる。

「ごめんなさい。小さな椅子に座りづらそうに座っているから……つい」

「ああ……なるほど」

彼は咳払《せきばら》いをした。

「君が私の前で笑ったのを見たのは、久しぶりだな」

リアーナは顔を強張《こわば》らせて、うつむいた。

「だって、わたしはあなたの……いいえ、陛下の前で笑うような資格はもうないと思ったからです」

彼はまた溜息をついた。

「すまない。『陛下と呼べ』と言ったが、それは撤回する。普通に話してくれ。前のように……笑っているほうが君には合っている」

リアーナは驚いて、顔を上げた。

秘密を知られたあの日からずっと冷たい関係が続いていた。彼はそれを元のように戻す気なんてまったくないように見えていたが、そうではなかったのだろうか。

彼も元のような関係を取り戻したがっている……？

リアーナは彼の瞳《ひとみ》を見つめた。彼もまたリアーナの目を見つめてくる。彼はゆっくりと手を伸ばして、リアーナの手を握った。

たったそれだけのことで、リアーナはドキッとする。寝室以外の触れ合いは久しぶりだったからだ。

胸の中が熱くなってくる。

彼への愛が胸に込み上げて、涙が出そうになってきた。

「ここへ来たのは、ラーナ姫が見つかったという知らせを早馬でもらったからだ」

リアーナははっと目を瞠《みは》った。

ラーナが見つかったということは、もうすぐここへ来るということだ。そうしたら、リアーナは顔を隠して、こそこそとこの城を去らねばならない。ヴィンセントはラーナの夫となり、ラーナはここで王妃としての役割を引き継ぐのだ。

でも……それが正しいことなんだわ。

ラーナが可哀想《かわいそう》だという気持ちもある。けれども、リアーナにしてみれば、ヴィンセントの妻になれるなら、そんなに不幸ではないかもしれないと思うのだ。愛する人と引き裂かれるのは気の毒だが。

リアーナの胸に罪悪感やいろんな感情が去来する。

できることなら、わたしがラーナの代わりになりたい。だけど、わたしはただの田舎《いなか》娘《むすめ》だもの。どこの誰から生まれたのかも判らない孤児だ。国王と結婚なんて、絶対にできるはずないわ。

「わたしはもうすぐ……」

彼は頷いた。

「セザスはラーナ姫を説得して、この城に連れてくるようだ。だが、他にも何か重要な話があるらしい」

「重要な話……？」

「彼女は恐らく結婚しているだろう。今更、その婚姻を無効にはできない。それに、もしかしたらすでに身ごもっているかもしれない。そうなると、君とラーナが入れ替わって、それで済むとは思えない」

リアーナはそこまで深く考えていなかった。最初にセザスと再び入れ替わる話をしたときには、それほどまだ時間が経っていない頃だった。あれからずいぶん時間が経った。すべてが変わってきている。

「君も……。いや、君は大丈夫なのか？」

「えっ？」

彼は苛立《いらだ》ったように言った。

「君は身ごもってはいないのか？」

リアーナはぽかんと口を開いた。

「だ、だって……これは偽《いつわ》りの結婚だもの。神様が子供を授けてくださるとは、とても思えないわ」

ヴィンセントは急に優しい顔つきになって、ふっと笑った。リアーナは彼のそんな表情を見て、ドキッとする。

「夜の営みをすれば、誰でも身ごもる可能性があるんだよ。偽りだろうがなんだろうが」

「そんな……！　じゃあ、わたし……」

リアーナは思わずお腹《なか》に手をやる。いや、身ごもっているわけではないだろう。そう思うのだが、自信がない。

ヴィンセントの子供は欲しい。けれども、結婚せずに身ごもることは怖かった。

「本当は私のほうが気をつけなくてはならなかった。君がラーナ姫でないと知ったときから自制すべきだった。でも……どうしても……」

熱い眼差しで見つめられて、リアーナは頬《ほお》を赤くする。

「本当のことを知って、頭に血が上って、つい姫を捜してくるように言ったが、正直なところ、君とラーナ姫が入れ替わるのはもう無理だと思う」

「えっ、だけど……」

「そのことはセザスが戻ってきて、話し合おうということになっている。この城にラーナ姫を連れてくるのは危険だから、城の外で会うことになるだろう。私との政略結婚がそんなに嫌だというのなら、無理強いはできない。みんなが不幸にならないようにしたいんだ」

リアーナはほろりとしてしまった。

そうよ。わたしが愛するヴィンセントはこういう人なのよ……。

彼に冷たくされてつらかったが、本来は他者を思いやれる人間なのだ。国民を愛するのと同じくらい、周りの者のことを考えている。それならば、ラーナを無理やり幸せな結婚生活から引き離すことなどできないはずだ。

「でも、それなら……どうなるの？　ラーナ姫は愛する人と静かに暮らすとしたら、あなたは……?」

彼はにっこり笑った。

「君がラーナでいればいい」

「そんな……。無理よ。わたしはラーナ姫ではないのに……あなたにはふさわしくない。なんとか表面だけは取《と》り繕《つくろ》えても、いつかは誰かに知られてしまう。わたしは……わたしは孤児なのよ。領主夫人の拾い子で、侍女だったんだから。そんなわたしがずっと王妃でいられるわけがないのよ」

彼は同情めいた視線を向けてきた。

「君は自分が孤児だったから、あんなに親のいない子に優しかったんだな」

リアーナは頷いた。

「わたしは赤ん坊のときに箱に入れられて川を流れてきたんですって。領主夫人が拾ってくれて、育ててくれたの。わたしは彼女がいなかったら死んでいたし、生きていたとしても惨めで貧しい暮らしをしていたはず。だから、わたしも領主夫人みたいに、たくさんの子供達を幸せにしてあげたいと思っているの」

「それなら、すればいい。君がここに残れば、城でたくさんの子供達の世話ができる」

「あなたは……わたしが本当は孤児でも構わないの……?」

リアーナは信じられなかった。もちろんリアーナがここに残る場合、モルヴァーンの王女ラーナとして残ることになる。けれども、ヴィンセント自身はリアーナの正体を知っている。

それでもいいなんて……。

「リアーナ……」

彼はリアーナの手を取り、立ち上がらせた。そして、ゆっくりと抱き締めてくれる。

リアーナは温《ぬく》もりに包まれて、天にも昇る心地がした。ベッドで抱き合うときとは違う。彼はリアーナを信じて、求めてくれているのだ。

涙が溢《あふ》れだしてきて、止まらない。

ずっと苦しかった。ラーナのふりをして彼を騙《だま》すことも、彼に正体を知られて邪険にされることも。

彼は『リアーナ』でもいいと言ってくれたわ！

頬に手を添えられて、顔を上げる。彼は優しい顔をして微笑んでいた。

「君は王妃にふさわしい人だ。私と共に、国のために働こう」

リアーナはそっと頷き、涙を流しながらも微笑んだ。

顔が近づいてきて、唇を重ねられる。二人は今、本当の結婚式をしたような気がした。

心の底から幸せだと思える。

わたしは彼の妃でいられるのね……。

たとえ名前も今までの自分も捨てなくてはならないとしても、構わない。ただ、彼の傍にいられる。王妃として子供達の面倒を見られる。

それだけでいいの……。

リアーナは愛する人の腕の中で安らいでいた。


ヴィンセントは中庭までリアーナを送っていき、それから執務室に戻った。

書類が山積みになっている。地方からいろんな手紙が来ている。国中に問題は溢れていて、領主が解決できないことはすべてここに送られてくる。

もちろん、ヴィンセント一人がそれらのことに関わっているわけではない。他の者が裁定を下した後、こちらでもう一度、精査するのだ。それによって、間違いが防げるし、誰かが不正なことをしないようにしたかったのだ。

重臣も全員が信用できるというわけではない。子供の頃から傍にいて、どんなときでもヴィンセントに寄り添ってくれた幼馴染《おさななじ》みのことは信用しているが、父王の重臣はウィーラスの言いなりになりがちだ。

それでも、即位してからの努力で、かなり状況が変わってきたと思うが……。

ラーナとリアーナが入れ替わっていることについては、ヴィンセントは誰にも話していなかった。知っているのは、当人達と自分とセザスとメル、そして、ラーナを捜していたセザスの配下の者達だけだ。知っている者が少なければ少ないほどいい。

今日、セザスから手紙が届けられて、決心できた。セザスもヴィンセントの考えと同じことを提案してきた。

二人はこのままにしておいたほうがいいのではないかと……。

それにしても、何か他にも重要なことがあるらしい。ともかく、知らせが来たら、城の外でラーナに会い、話をしよう。かつての婚約者だが、今のヴィンセントにしてみれば、ただ自分の知らないどこかで幸せになってほしいと思うだけだ。

私にはリアーナがいればいい。

それだけで、幸せになれる。

執務室の扉が突然叩《たた》かれる。入室を許可すると、ヴィンセントを守る屈強な兵士が顔を見せる。

「宝石屋が来ましたが」

早速、ヴィンセントは宝石商人を部屋に入れた。商人は赤ら顔の馬鹿丁寧な言葉遣いをする男で、次々と持ってきた商品を見せる。

「これがいいな。妃の目の色と同じだ」

凝ったデザインのサファイアのネックレスを手に取り、リアーナの首にかかっているところを想像する。

誕生日のプレゼントだ。といっても、『ラーナ』の誕生日だが。

川を流れてきたのなら、本当の誕生日は判らないのだ。それなら、ラーナの誕生日をリアーナの誕生日にしてもいいだろう。

新しい妃のお祝いだ……。

ヴィンセントはリアーナの喜ぶ顔を思い浮かべた。


ラーナの誕生日がやってきた。

リアーナは朝からずっとおめでとうと言われ続けている。ヴィンセントの言うとおり、本当の誕生日が判らないのだから、ラーナの誕生日を自分の誕生日にすることに決めたものの、それでもなんだか妙な気分になってくる。

もうすぐラーナが王都にやってくる頃だ。セザスから連絡が来たら、こっそりどこかで会うことになっていたが、今はまだその連絡は来ていない。

リアーナはこの日のために用意したドレスを身につけ、昨夜ヴィンセントから贈られたサファイアのネックレスをつけた。

「王妃様、なんてお綺麗《きれい》なんでしょう」

メルは感嘆したように言ってくれた。彼女はラーナの侍女なのだが、最近はリアーナをラーナと扱うことに慣れてきていて、二人を混同しているのではないかと思う。

「ありがとう、メル」

リアーナは女官を大勢引き連れて、舞踏会が開かれる大広間へとしずしずと歩いていく。

あらかじめ打ち合わせをしていたとおり、リアーナはヴィンセントの側近の合図《あいず》で、大広間の大きな扉の前に立った。楽団が優雅な音楽を演奏し、それに合わせて扉が徐々に開き始めた。

中には着飾った大勢の人々がいた。彼らは大広間の左右に分かれていて、中央が道のようになっていた。その向こうの数段高くなっているところに玉座がある。国王とそれから王妃の椅子だ。

ヴィンセントはゆったりと座っていたが立ち上がり、微笑んだ。人々は口々に誕生日を祝う言葉をかけてくれる。リアーナは気取ったお辞儀をすると、人々の間をゆっくりと一人で歩いていく。ヴィンセントを目指して。

彼の眼差しが愛《いと》しげに細められている。リアーナの胸は喜びではち切れそうになっていた。

わたし……彼のためなら、喜んでラーナになりきるわ！

たとえ一生嘘《うそ》をついて生きても構わない。リアーナという名を捨てても、今まで生きてきた人生すべてを捨ててもいい。

ただ、彼のために。

わたしは王妃として、彼のために生きるのよ……。

今日のヴィンセントは長い髪を結んでいない。金色の艶《つや》やかな髪がなんて素敵なのだろう。それに、エメラルドのような緑の瞳も。

初めて会ったときの彼を思いだしたが、あのときのように奇妙な格好をしているわけではない。ただ、いつもより豪華な服をまとい、リアーナの新しい誕生日に敬意を表してくれている。

玉座に近づくと、彼は階段を下りてきて、手を伸ばした。その手にリアーナは自分の手を重ねる。二人は微笑み合い、一緒に玉座に進もうとした。

そのとき、誰かの耳障りな声が響いた。

「お待ちください！　皆様にお知らせしたいことがあります！」

リアーナは声のする方に向いた。ヴィンセントも、そして、ここにいる人々すべてが声の主に注目する。

人々の間から出てきたのは、宰相ウィーラスだった。

「王妃の誕生日を祝う舞踏会を邪魔するつもりか？　一体、なんのつもりだ？」

ヴィンセントは鋭い声で尋ねた。

「王妃様……？　私は知っております。すべてを。そこにいるのは、本当の王妃様ではありません！」

リアーナは蒼白《そうはく》になった。倒れそうになったところを、ヴィンセントが支える。

ウィーラスはどうしてわたしの秘密を知っているの？　一体、どうやって知ったの？

この城に着いてから、ずっとリアーナは不安や恐れを抱いていた。いつか、誰かに偽者だと指摘されるのではないか、と。だが、もうすぐすべて解決するはずだった。ラーナはどこかで愛する人と暮らし、リアーナはラーナとしてヴィンセントの傍にいて、幸せな家庭を築くのだと。

それなのに……。

目前で、すべて白日の下に晒《さら》されてしまうなんて……。

リアーナは目の前が真っ暗になった。

しかし、ヴィンセントは動揺していても、冷静さを失っていたわけではなかった。

「どういうことだ？　彼女は確かに私の妃だ。国王の妃は王妃だろう？　おかしなことを言うのはやめてもらおう」

ウィーラスはもったいぶった態度で、にんまりと笑った。

「そう。モルヴァーンの王女ラーナ姫でしたかな。あなた方は盛大な結婚式を挙げた。ですが、この者はそもそもラーナ姫ではない。もちろんモルヴァーンの王女でもない。どこの誰とも知れぬ田舎娘で、入れ替わっていたのですぞ」

「嘘を言うな！　ウィーラス、私の妃を偽者呼ばわりするとは、とんでもない男だ。この者を捕らえよ！」

ヴィンセントの命令に近衛兵《このえへい》がさっと近づくが、ウィーラスを守る兵士も現れた。人々はどよめきながら、ウィーラスから離れていく。

ウィーラスは自信があるのか、堂々とした態度で嘲笑《あざわら》った。

「陛下、私はちゃんと証拠を握っているのですよ」

「証拠だと？」

「すぐお見せしましょう」

さっきリアーナが入ってきた扉はすでに閉じられていたが、彼が合図を送ると、また開きだす。

リアーナは大きく目を見開いた。

そこには質素なドレスを身にまとった若い女性が、兵士に両側から腕を摑《つか》まれて、やっとのことで立っている。頼りない表情の彼女はリアーナと瓜二《うりふた》つで、まさしくラーナだった。

人々はどよめいた。そして、口々に王妃とそっくりだと言い合っている。

どうして、ラーナがこんな姿でここに……？

ラーナは今さっきリアーナが祝福されながら歩いてきた場所を、強制的に歩かされて、こちらに近づいてくる。

「どうですか？　彼女こそ、本物のモルヴァーン王女、ラーナ姫です。私は早馬で届けられた手紙をちょっとばかり拝借して、見せてもらったのですよ。後は王都にやってきた怪しげな一行を調べさせれば、それでよかった」

ウィーラスは得意そうにヴィンセントに言うと、今度は声を張り上げて、集まっている人々に話しかけた。

「この偽者と入れ替わっていることを知った国王は、本物を捜して、この城に連れてこようとしていたのです。本来なら、偽者と判ったときに公表し、処分すべきだったのに、国王はそれをせずにこうして誕生日の舞踏会まで開いた。この偽者の女の色香に迷い、本物のモルヴァーン王女もろとも、すべて闇《やみ》に葬《ほうむ》ろうとしていた。そんな男が国王にふさわしいとは思えません！」

ウィーラスはヴィンセントを憎んでいるようだったが、これを機に、一気に王位を奪おうとしている。

もちろん、ヴィンセントは近衛兵に命令して、無理やりウィーラスを捕らえることはできる。しかし、国王として国民に不信感を持たれるだろう。ウィーラスの言うことが正しいということになる。

ヴィンセントは窮地に立たされた。確かに彼は国民を騙しとおすつもりだった。リアーナをラーナとして扱い続けるつもりだった。だが、それはもちろん愚かな私心からではなく、それですべてが丸く収まるからだった。

そう。本物のラーナを殺そうとするわけがないのに。

ただ、どこを認めて、どこを否定すればいいのだろう。すべてを否定すれば、国民に嘘をつくという罪が増える。本来なら、彼はひとつも嘘をつきたくないはずだ。そして、リアーナを王妃にしようとしたと認めれば、やはり国王の資格がないということになる。

でも……彼ほど国王としてふさわしい人はいないわ！

そうよ。この国をウィーラスなんかに自由にさせるわけにはいかない。モルヴァーンとの戦いを起こさせるわけにはいかないのだ。

この国とモルヴァーンと、両国の平和がかかっている。

ヴィンセントを悪者にするわけにはいかないわ。それくらいなら、いっそ……。

リアーナは近くにやってきたラーナを見つめた。

ラーナは摑まれていた腕を放してもらったが、真っ青な顔で震えていた。彼女は怯《おび》えていて、何も言えないでいる。きっと、王都に着いてから襲われたのだ。セザスや彼の配下の者は殺されてしまったのだろうか。そして、あの公爵の息子はどうなったのだろう。

わたしとラーナが入れ替わったことが原因で、多くの人を巻き込んでしまった……。ねえ、ラーナ。わたしは責任を取るべきなんだと思うわ。

リアーナはヴィンセントからそっと離れた。そして、震える声を張り上げて、ウィーラスに向かって言った。

「あなたは間違っているわ。本当はわたしがこれを仕組んだのよ。ラーナ姫とそっくりなことを知って、王妃になりたくて彼女を騙して入れ替わったの。後は簡単だったわ。王妃になって、王様を騙して、こんな素敵な宝石を貢がせて……。でも、どうやら、王様にもわたしの正体がばれていたみたいね。まさか、本物のラーナ姫を捜していたなんて……」

ウィーラスは眉《まゆ》をひそめて、リアーナを睨《にら》みつけてきた。

「国王を庇《かば》おうとしても無駄だ！　全部判っているんだ」

「だから、あなたは何も判っていないお馬鹿さんなのよ。まったく……。わたしは王様を騙してはいたけど、彼が誰よりもこの国の王としてふさわしい人よ。わたしにだって、それくらい判ってる。……そうでしょう？」

リアーナは近くにいた近衛兵に尋ねた。近衛兵は驚いていたが、すぐに頷いた。リアーナはにっこり笑った。

やはりヴィンセントの味方はたくさんいるのだ。ウィーラスは自分がヴィンセントを嫌っているから、ラーナのことを暴露したら、国民みんなが自分についてくると勘違いしているらしい。

「まして、王様が本物のラーナ姫を殺そうとしていた？　そんなわけないじゃないの。宰相と呼ばれるような人がそれも判らないなんて……。あなたこそ、宰相の資格があるのかしら」

ウィーラスは真っ赤になって激怒した。

「無礼者！　この偽者王妃を捕らえよ！」

ウィーラスを守っていた兵士がリアーナに近づいてきた。捕らえられて、どうなるのか怖かったが、愛する人を守ったという満足感がある。

これでいい。これでわたしだけが悪いことになる。

ヴィンセントと幸せになりたかった。彼の子供も欲しかった。けれども、こうなった以上、すべてを諦《あきら》めるしかない。

ヴィンセントだけは守りたかった。愛する人を守れるならば処刑も怖くない。

しかし、兵士に腕を摑まれる前に、ヴィンセントに後ろから抱き締められた。

「な、何するのっ」

「まったく君という人は……。参ったな。本当に今度という今度こそ参ったよ」

せっかくリアーナ一人が悪いということに落ち着いたと思ったが、彼の行動で台無しになってしまう可能性がある。彼がすべきことは、こんなふうに抱き締めることではなく、リアーナを糾弾して、最初から何もかも判っていたというふうに振る舞うことなのに。

「放して！」

「嫌だね。君一人を悪者にして、こちらが平気でいると思うなんて、私に対する侮辱だ」

リアーナはもがいていたが、その一言で動きを止める。彼の手が緩んだので、振り返って、彼の顔を見つめた。

「でも……これでいいのよ。あなたはこの国の王様なんだから」

小声で囁《ささや》いたが、ヴィンセントは優しく笑った。

「君は勇気がある。自分だけ悪者になって、私を守ろうとしてくれた」

リアーナは困ってしまった。どうして、彼は悪者のままにさせてくれないのだろう。彼を守るために言ったことがすべて無駄になってしまう。

「違うわ！　わ、わたしは本当に……」

彼に突然唇を奪われて、何も言えなくなる。

一体、彼はなんのつもりでこんなことをしているの？

長いキスだった。とうとうウィーラスは怒りだした。

「どういうつもりなんだ？　馬鹿にしているのかっ？　ごまかそうとしても、私はみんな判っているんだからな！」

ヴィンセントは唇を離して、名残惜《なごりお》しそうにリアーナを見つめる。それから、ウィーラスのほうに顔を向けた。

「では、本当のことを話そう」

「ヴィンセント！」

抗議しようとしたリアーナに、心配ないというふうに、彼は微笑んだ。

そのときになって、リアーナはやっと判った。彼を信じればいいのだ、と。彼はこの難局を切り抜けるだろう。彼にはその自信があるのだ。

わたしがすべきことは、ただ彼を信じることだったのね……。独《ひと》りよがりな悪役を演じることでなく。

ヴィンセントはラーナに視線を向けた。

「ところで……ラーナ姫、あなたはもう結婚しているのですね？」

ラーナは震えながら頷いた。

「はい……。夫がいます。夫を心から愛しています」

内気な彼女ははっきりとそう言った。彼女の手は少し荒れている。公爵の息子と、彼の乳母の家で暮らすのは、決して楽なことではなかったのだろう。それでも、王女として何不自由ない生活を捨ててまで、彼女は愛する人と暮らすことを選んだ。

リアーナは駆け落ちの最中の二人と出会ったときのことを思いだした。

彼らが駆け落ちして、本当に幸せになれるのかと疑ったことを、心の中で反省する。彼らはリアーナが思うよりずっと強い結びつきがあったのだ。そして、彼女は頼りなさそうに見えても、芯《しん》はとても強かったのだろう。

ヴィンセントは集まっている人々に向かって話し始めた。

「まず初めに……。わたしの愛しい妃の名はリアーナという」

彼はリアーナの腰に手を回して、いきなりみんなに紹介を始めた。

「ラーナ姫は政略結婚を嫌って、愛する男と駆け落ちをした。その途中でリアーナに会い、二人がそっくりだと気づいた。リアーナはラーナ姫を逃がすための囮《おとり》を引き受けたけれど、運悪く自分が逃げる機会もなく、この城に連れてこられてしまったんだ」

ヴィンセントはリアーナを見て、ふっと笑った。

「彼女はお付きの者に真実を話した。だが、結婚を目前にして王女が偽者だとなったら、せっかくの和平も台無しになる。彼女は本物のラーナを捜しだすまでのつなぎとして、王妃になることを強制された。彼女は……王妃になりたかったわけじゃないんだ。知りもしない男と結婚することに怯えて、逃げようとまでしたよ」

リアーナは皓々《こうこう》と満月が光るあの夜のことを思いだしていた。あのとき、彼に自分の身を捧《ささ》げるのは運命なのだと思ったのだった。

「ともかく、そうして彼女は王妃となった。彼女は王族として育ったわけではないから、至らない点もあった。だが、それを補うだけの長所もあった。彼女は親のない子を引き取り、育てている。自分の子供でもないのに、多くの子供達に愛を注ぐ。彼女のそんな姿を見て……私は愛しく思わずにはいられなかった」

リアーナの頬は赤く染まった。

本当に……そう思ってくれているの？

「彼女こそ王妃にふさわしいと思っていた。ところが、あるとき彼女がラーナ姫でないことを知った。私は……腹を立てた。その頃にはもう恋に落ちていたからだ。運命の相手と思っていた女性が、そうではなかった。これが明るみに出れば、宰相が必ず私を責めるだろうということも予想がついていた。……これは当たったようだな」

誰かがクスッと笑い、その笑いが広がる。ウィーラスは馬鹿にされたと思ったのか、怒りで顔を真っ赤にした。

「私はラーナ姫を捜して、リアーナと入れ替えようと思いついた。だが、途中でそんなことはできないと思った。私は……彼女がいなければ生きていけないからだ。彼女を誰かと入れ替えることなどできない。もちろんラーナ姫も駆け落ちの相手と結婚していて、実際には入れ替えなど不可能だったわけだが」

リアーナはヴィンセントの言葉にうっとりと聞き入っていた。彼はこんなに自分を大事に思ってくれていたのだ。

「私はリアーナに、ずっとラーナのままでいてほしいと頼んだ。確かにそれは国民を騙すことなのかもしれない」

そのとき、ウィーラスが嘲《あざけ》るような声を出した。

「ほら、そうだ！　国王は国民を騙そうとした！」

彼はヴィンセントに鋭い視線を向けられて、黙ってしまった。

「私は国を愛し、国民を愛してきた。国のために身を捧げるつもりでいた。国民を騙してはいけないことは判っている。だが、リアーナにどうしても妃のままでいてほしかった。彼女が偽者だと知っても、愛する気持ちは変わらなかったんだ」

ヴィンセントはリアーナを見つめる。リアーナはドキドキしながら、ただひたすら彼を見つめていた。

偽者だと知っても、愛する気持ちは変わらなかった。つまり、彼はわたしを愛しているのね……。

ああ、信じられない！

リアーナは歓喜の情に浸《ひた》っていた。だが、次の瞬間、彼はとんでもないことを口にした。

「そんな私を国王に不適格だと言うのなら……喜んで王位を手放そう」

えっ……。

リアーナは驚きのあまり目を丸くした。

「ダメよ！　あなたほど国王にふさわしい人はいないのに！」

彼はふっと笑って、リアーナに軽くキスをする。

「彼女は自分が悪者になってでも、私を守ろうとしてくれた。こんな彼女は私を愛しているのではないかと思うが……」

「な、何を言うの！」

いきなり自分の感情について暴露されて、リアーナは狼狽《うろた》えた。彼はクスクス笑っている。

「それなら、私を愛していない？」

「えっ……それは……」

「愛してないんだ？」

彼はわざとうなだれてみせる。

「もうっ。愛しているわ！」

思わずそう叫ぶと、彼はニヤリと笑って、リアーナの肩を抱いた。誰か笑っている人がいて、リアーナの頬は赤く染まる。だが、おかげで大広間の雰囲気は和やかなものになってきて、ウィーラスの意図したものとは違ってきたようだ。

それに、ヴィンセントは本気で王位を手放そうとしているわけではない。リアーナはそう感じた。彼は一筋縄《ひとすじなわ》ではいかないのだから。

ヴィンセントは再び聴衆に語りかける。

「私と彼女は愛し合っている。宰相がどんなつもりでラーナ姫をこの場に連れてきたにせよ、私にとってはちょうどいい機会になった。私の妃はリアーナだ。ラーナではない。そして、こんな私を王位から追放したければ、するがいい」

彼は改めてウィーラスのほうを見る。ウィーラスは思ったような結果が出ず、焦っているようだった。

「ところで、ラーナ姫をどうやってここへ連れてきたのかな？」

「ど、どうやって……というと？」

「ラーナ姫は一人で王都にやってきたわけではない。きちんと護衛に守られていたはずだ。それなのに、どうやって彼らから引き離して、連れてこられたんだ？　まるで人質《ひとじち》みたいに。まさか……兵士に襲わせたのか？　彼女がモルヴァーンの王女だと知っていながら？」

「それは……。いや、そんなつもりではない」

ウィーラスはしどろもどろになる。人々がそれを見て、ひそひそと囁き合い、ラーナは怖い思いをしたのを思いだしたのか、急にわっと泣きだした。

ヴィンセントは厳《おごそ》かに告げる。

「彼女を守っていた一人はモルヴァーン国王の側近だ。他の護衛もモルヴァーンの人間で、もし彼らに怪我《けが》でも負わせていたら、ただでは済まないな」

ラーナが泣きながら付け加える。

「わたしの夫も一緒に来ていたのよ……！　わたしを守るために怪我をして……ひょっとしたら……」

ヴィンセントは鋭い眼差しをウィーラスに向けた。

「ラーナ姫のお相手はモルヴァーンの公爵令息だ。隣国との問題は繊細に扱うべきことなのに、宰相自《みずか》らかき回している。もし王位を狙《ねら》おうという愚かな野心で、モルヴァーンの要人を傷つけたとするなら、これは大問題だ。宰相として、やってはならぬことをしてしまったのではないかな？」

それを聞いたウィーラスはすぐに反撃に出た。

「私はただラーナ姫が何者かに囚《とら》われていたからお助けしただけ。それより、重大な問題がある。そう。それは国王がモルヴァーンとの和平のために娶《めと》ったはずの花嫁が、モルヴァーン王女ではなかったということ。これだけは間違いようのない事実です」

そのとき、別の声がどこからか響いた。

「それは違います！」

声の主はリアーナやラーナが入ってきた扉のところにいた。それは、額《ひたい》に包帯を巻き、足を引きずっているセザスの姿だった。彼は何か包みを手にしている。そして、もう一人、腕を吊《つ》っている公爵の息子もいた。

「ジャイルズ！」

ラーナは彼の名を呼びながら駆け寄った。

「ラーナ……。無事でよかった」

「あなたも……」

二人はしっかりと抱き合う。そこには確かな愛の絆《きずな》が見えた。

よかった。少なくとも、セザスとジャイルズの二人は無事だったのね。

リアーナはほっと胸を撫《な》で下《お》ろした。他の者は無事かどうか判らないが、とにかくラーナが未亡人にならなかったことは嬉しい。

だって、彼女は本当にわたしにそっくりだから。

なんだか他人のような気がしない。これからどうなるにせよ、二人は幸せになってもらいたかった。

ウィーラスの耳障りな声が聞こえてくる。

「一体、何が違うと言うんだ？　本物のモルヴァーン王女は逃げて、偽者が国王の妃になってしまった。それは事実だ！」

「いえ、彼女が……王妃様が偽者とは言い切れないと言っているのです」

彼は一体、何を言っているの？　怪我をして、わけが判らなくなっているのかしら。

頭を怪我しているところが気になる。何かで強く頭を打ったのかもしれない。

ヴィンセントが二人の会話に割って入った。

「どういうことなんだ？　偽者とは言い切れないとは……？」

「王妃様は赤ん坊の頃に箱に入れられ、川に流されていたところを、領主夫人に拾われたと聞きました。私はラーナ姫を捜しにいったついでに、領主夫人と面会し、詳しく話を聞きました。彼女は王妃様のお包《くる》みをまだ取っていて……。それがこれなのです」

セザスは手にしていた包みから、古いお包みを取りだし、広げてみせる。

そういえば、リアーナも、小さい頃にそのお包みを領主夫人から見せられたことがあったのを思いだした。今まですっかり忘れていた。そのお包みは古いが、高価な布であるようだった。

「ここに……『リアーナ』と刺繍《ししゅう》がしてあります。これは、我が国の王妃自らが刺繍したものです」

リアーナの胸はドキンと高鳴った。

わたしとラーナの間に、何か関わりがあるということかしら。

確かに、自分が流れてきたという川は、モルヴァーンとの国境を流れる川に繋《つな》がっている。

ウィーラスは苛立った声で遮った。

「だから、どういうことなのだ？　この偽者の赤ん坊だった頃の話などどうでもいい！」

「いえ、重要なことです。つまり、王妃様は、実はラーナ姫と双子のリアーナ姫だということです」

リアーナは呆然《ぼうぜん》として、セザスを見つめていた。誰もが唖然《あぜん》としている。ラーナのほうを見ると、彼女も驚いた顔でこちらを見ていた。

「双子……？　本当に？」

まるで双子みたいにそっくりだと思っていたが、まさか本当に双子だったなんて……。でも、本当のことなの？　とても信じられないわ！

「作り話も大概にしてもらいたい！　モルヴァーン王女が双子だなど今まで聞いたことがない。言っておくが、モルヴァーンの情報はこちらでも集めているんだ！」

ウィーラスはセザスを怒鳴りつけたが、顔色は悪かった。ヴィンセントを王位から引きずり下ろそうとしたが、今度は自分の身が危うくなってきたからだ。

セザスはふと遠い目をした。

「いえ、闇に葬られてしまった話ですが、本当に双子が生まれたのです。生まれる前から産婆が双子ではないかと言っていたので、王の重臣達の間で『双子は不吉』だという昔ながらの理由で、一人をどこかにやってしまうべきだという騒動が起きていました。重臣同士の勢力争いもあり対立は激化していきましたが、国王と王妃は双子でも気にせず、男女それぞれのお包みを名前まで入れて用意していたのです。しかし、実際に双子の王女が誕生したときに、二人のうち一人が攫《さら》われるという事件が起きました。それが……リアーナ姫です」

わたしは何者かに攫われてしまったの？

リアーナはその光景を思い描いてぞっとしたが、それが本当なら自分は親から捨てられたわけではないということだ。長い間、実の親に見捨てられたのだと思うことがつらかったが、そうではなかったのかもしれない。

セザスは話を続けた。

「どんなに手を尽くしても、リアーナ姫の行方《ゆくえ》は判らなかった。しかし、重臣の一人がリアーナ姫を攫わせたことがばれて……。彼はリアーナ姫を殺して、川に流したと白状しました。もっとも雇われた男は赤ん坊を殺すのは忍びなく、箱に入れて流したのでしょう。ともかく、それ以来、リアーナ姫の存在は消されました。元々、双子であったことが騒動の原因だったので、ラーナ姫が双子として生まれたことも、公表されることなく……」

そのとき、ラーナがぽつんと呟《つぶや》いた。

「だから、お父様もお母様も、わたしをあまり外に出さないようにしていたのね……。誰にも攫われないように……」

ラーナが部屋に閉じこもりがちだったという話を聞いたが、それは両親が生き残ったほうの娘を守ろうとしていたからだったのだ。

だが、ウィーラスはそれでもまだ双子の話を信じようとはしなかった。

「今更、双子だったなどと……。ただの言い逃れだ！　偶然似ているだけでは、証拠と言えるほどのものではない！」

「証拠ですか。私もそれが欲しかったから、我が国の王妃様に使者を送り、リアーナ姫に特徴がないか問い合わせました。リアーナ姫の右肩に花弁の形をした小さな痣《あざ》があるそうです」

リアーナははっとして、思わず右肩を押さえた。ヴィンセントは優しくその手を退けて、ドレスの襟ぐりを少しずらす。すると、そこに小さな花弁のような痣が現れた。

周りにいた人々がそれを見て、どよめいた。

リアーナは痣があることを知ってはいたが、今まで気に留《と》めたこともなかった。だが、これがモルヴァーン王女である証拠なのだろうか。

だが、ウィーラスはまだ諦めない。

「本当にその痣が証拠だとは思えない！　偽者の痣のことを知って、都合よく話を作り上げたのではないのかな？」

セザスはキッとウィーラスを睨みつけた。

「我が国の王妃様の言葉が嘘だとおっしゃるのですか？　ならば、あなたがモルヴァーンに出向き、直々《じきじき》に訊《き》けばよい！」

「そんな必要があるとは思えませんな。そもそも、国王が娶るはずだったのはラーナ姫で、彼女がラーナ姫でないことは確かだ！」

「ラーナ姫でなくても、モルヴァーン王女であれば問題ないはず。両国の平和を考えれば、些細《ささい》なことであり……」

「些細などと！　とんでもない！」

二人の激しい会話が交わされる中、ラーナが興奮した様子で近づいてきて、リアーナの前に立ち、ドレスの襟ぐりの左側をずらした。

そこには、同じ形の痣が……。

ちょうど鏡で映したように左右反対のところに痣がある。周りにいた人々から再びどよめきの声が上がる。

「わたし達……双子の姉妹なのね！」

ラーナに抱きつかれ、リアーナは呆然としていたが、彼女が本当に自分と血を分けた存在なのだと実感して、その背に手を回す。

十八年もの間、生き別れだった姉妹……。リアーナは孤児であることが引け目であった。親から見捨てられたのだと思っていた。

でも……本当はわたしには親も兄弟もいたんだわ！

二人は抱き合い、涙を流した。

セザスはもらい泣きしているような声で言った。

「これで二人が双子ではないと、誰も言えますまい」

「そのとおりだ。ウィーラス、おまえの負けだ」

ヴィンセントは厳かに言った。

ウィーラスはいきなり傍にいた兵士から剣を奪い、ヴィンセントに斬《き》りかかってきた。

だが、ヴィンセントはさっとよけ、その腕をねじり上げる。剣が床に落ちる音が虚《むな》しく響いた。

兵士達が急に寄ってたかって彼を取り押さえた。今さっきまでウィーラスの命令で彼を守っていたはずだが、自分達まで謀反人《むほんにん》の仲間にされたくないからだろう。ウィーラスは口汚くヴィンセントを罵《ののし》り始《はじ》めたが、やがて兵士に引きずられるように退場していった。

急に静かになる。大広間に集まっている人々は、これからどうなるのかとヴィンセントに注目していた。

彼は改めて人々に向かって言った。

「私は国と国民、そして妃を愛している。国にはいろんな問題があり、私はその解決に努めているが、問題は多すぎて、そのすべてを私が上手《うま》く解決できるかどうか判らない。だが……その努力は続けていくつもりだ。私が国王でいる限り」

大広間に拍手が湧《わ》き起《お》こる。つまり、王位はヴィンセントのものだということだ。誰も反対する者はいない。

「ありがとう」

拍手が鳴りやんだ頃に、ヴィンセントはそう言った。

「ところが、私とリアーナとの結婚は完全なものではない。彼女は『ラーナ』の名前で神に誓いを立てたからだ。だから、近いうちに……もう一度、式を挙げることにする」

「もう一度ですって?」

いきなり結婚式を挙げると言われて、リアーナは驚いた。

「すぐにでもしたいくらいだが、司教を呼ばなくてはならない。……今夜は堅苦しい話は抜きにして、結婚の前祝いも兼ねて、みんな、それぞれ楽しくやってくれ」

再び拍手が起きる。ヴィンセントが合図すると、楽団が演奏を始めた。ウィーラスのせいで、とんでもないことになってしまったが、とりあえず舞踏会は始まった。

リアーナはラーナに目をやる。今日は彼女の誕生日、そして自分の誕生日でもあった。そもそも、この舞踏会は誕生祝いのためだ。しかし、彼女は疲れているようで、舞踏会に出席する気分でもないだろう。

それに、彼女の夫ジャイルズは怪我をしている。セザスの怪我も心配だ。

リアーナはセザスに話しかけた。

「他の人達は……？」

「大怪我した者はいますが、目的は私達を殺すことではなかったので、全員無事です」

「あなたは……最初からわたしがラーナの双子の姉妹だと判っていたの？」

「ラーナ姫と別人だと判った瞬間に、そう思いました。ただ証拠がなかった。使者を送り、痣のことを知ると、すぐにメルに確かめさせました。ですが、ラーナ姫をお連れしてから、きちんと話そうと……」

だから、彼もメルもリアーナに対して、本当の姫に対するように敬意をもって接してくれていたのだ。

セザスはヴィンセントに向かって言った。

「このことは、モルヴァーンの両陛下に正式に報告しております。お二人とも大層お喜びで、ぜひリアーナ姫にお会いしたいと。前回の結婚式では出席を見合わせることになりましたが、できることなら二度目の結婚式にお二人を招待していただけないでしょうか」

「もちろんだ」

ヴィンセントはリアーナに優しく微笑みかけてくれた。

ずっと実の親はどんな人なのだろうと考えていたが、まさか両親が隣国の国王夫妻だとは思わなかった。

「今夜は嬉しいことがありすぎて……眩暈《めまい》がしそうだわ」

自分の出自が判り、ラーナが双子の姉妹だと判った。そして、リアーナとして王妃になれるようになった。

でも、何より嬉しいのは、ヴィンセントがわたしを愛していると言ってくれたこと……。

ラーナとも話したいことがたくさんある。彼女について知りたいこともある。けれども、今夜は彼女とジャイルズをゆっくり休ませたい。

「明日になったら、いろんな話をしましょう」

リアーナはラーナの手を取って、そう言った。彼女の瞳はキラキラ輝いている。きっと自分の瞳も同じように輝いているのだろう。

「ラーナ様……」

メルがやってきて、ラーナにお辞儀をした。そして、リアーナに笑いかけてくる。

「早く本当のことが言いたくて仕方ありませんでした。でも、セザスに口止めされていたんですよ」

「いいのよ、メル。あなたには本当にお世話になったもの」

リアーナはラーナと繋いでいた手を離した。

「メル、ラーナ姫とジャイルズのお部屋を手配してほしいの。わたしのドレスは元々、ラーナ姫のものだから、衣装部屋から必要なものは持っていって」

「はい、王妃様」

メルはラーナとジャイルズと共に、大広間を去っていった。そして、セザスもやっと役目を果たしたと満足げな笑みを残して、部屋に引き上げていく。

ヴィンセントはリアーナの手を取った。

「さあ、今夜は私達のお祝いだ。踊ろうか」

彼はいつにも増して、魅力的に見える。彼の容姿は元々そうなのだが、今の彼はとても輝いているように見えるのだ。

「今夜のあなたはとても綺麗だわ……」

そう呟いた途端、彼に笑われた。

「信じられない。それは私のセリフだ。横取りするんじゃないよ」

「だって、そう思ったんだもの。すごく嬉しそうだし」

「嬉しいよ。幸せだから」

「……ええ。わたしも幸せよ」

二人は音楽に合わせて踊り始めた。ただ、見つめ合う。もう、二人には言葉は必要ないように思えた。

何もかも……すべてがここから始まる。

二人の本当の結婚生活が始まったのだ。

第六章　結婚の贈り物

舞踏会でさんざん踊り、疲れた頃にようやく二人は寝室に戻った。

本当は早く二人きりになりたかったのだが、主役が早々に退出するわけにはいかなかったからだ。

寝室に足を踏み入れた途端、リアーナはヴィンセントに抱き締められて、唇を重ねられた。

ああ、なんて幸せなの……。

ここに来て、大変なことがたくさんあった。後ろめたい日々や苦悩した日々もあった。しかし、それがすべて消えてしまった気がする。

彼がずっとラーナでいてほしいと言ったときも、幸せだと思った。ラーナより、自分を選んでくれたのだと思ったからだ。しかし、今は彼の愛を感じている。

彼は自分だけ悪役になろうとしたリアーナを庇《かば》ってくれた。多くの人達の前で愛していると言ってくれたのだ。

「ああ……お願い」

彼はクスッと笑った。

「お願い？　何をお願いされているのかな。ドレスを脱がせて？　それとも、もっとキスして？」

彼はからかっている。そんなことではないのに。

リアーナは彼の長い髪を引っ張った。

「愛してるって言ってほしいの」

たちまち彼は優しい顔つきになる。

「いくらでも言うよ。愛してる……愛してるよ、リアーナ」

ちゃんと『リアーナ』と呼んでくれたことが嬉《うれ》しかった。仕方のないことだが、最初はラーナと呼ばれていたし、正体がばれてからはよそよそしい態度を取られていた。

晴れて、わたしは『リアーナ』に戻れたんだわ！

「君もちゃんと言ってくれ」

「あなたを愛してるわ……。ずっと前からそうだったの。初夜で逃げだしたとき、あなたがわたしを捕まえてくれて、キスをしてくれた……。あのときに、こうなる運命なんじゃないかって……」

「私も同じときにそう思った。もっとも、これは政略結婚だと思っていたから、なかなか君を愛している事実を認められなかった。けれど、君が親のない子供達を抱いている姿を見たときに……愛さずにはいられなかった。君がラーナではないと知って、あんなにひどく荒れたのも、愛していたからだった」

「わたしに裏切られたように感じていたのね？　わたしはあなたに冷たくされたことがつらかった。でも、愛しているから、あなたの傍《そば》にいられるだけでいいと思ったの。どんなことをされても、我慢できるって……」

リアーナはあのときのことを思いだして、涙を流した。

「泣かないでくれ」

ヴィンセントはリアーナの頬《ほお》に自分の頬を寄せて、頬ずりをする。その仕草が微笑《ほほえ》ましくて、泣いているのについ笑ってしまう。

「ウィーラスに入れ替わりのことを指摘されたとき、君が私を庇おうとしてくれただろう？　あれで君の愛の深さが判《わか》った」

「馬鹿《ばか》みたいだったでしょう？　わたしはもっとあなたを信じて任せるべきだったのに」

「いや、私は……前にも言ったが、父に愛されなかった。だから、我が身を犠牲にしても愛してくれる人が自分にもいたと判って……本当に嬉しかった」

彼は愛してくれる存在を求めていた。リアーナは親も兄弟も知らずに育ったが、愛してくれる人達は周りにいたのだ。

「あなたが国民を愛しているように、国民もあなたを愛してくれているわ。それは、一人の人間としてではないかもしれないけれど、国王という輝かしい存在に対して、きっと敬愛する気持ちを持っている。そして、わたしと……わたしがこれから産む子供達が、あなたを無条件に愛していくわ」

「リアーナ……」

二人は見つめ合う。彼の目は感動したように潤んでいたが、すぐにニヤリと笑う。

「君は本当に私にぴったりな妃《きさき》だ」

リアーナは声を上げて笑った。

「そう言ってくれて、嬉しいわ！」

彼が弱みを見せてくれたのだと思うと、今まで以上に、愛《いと》しさが溢《あふ》れてくる。必ず彼を幸せにしてあげたいと思ってしまう。

いや、二人で幸せになれるようにしたい。

リアーナの頭には、多くの子供達に囲まれる幸せな家庭が描かれる。

唇が重なると、リアーナは彼の熱い口づけに応えた。舌が絡まり、お互いを貪《むさぼ》り合《あ》う。

二人の間には確かな絆《きずな》が生まれていた。

彼は唇を離すと、リアーナのドレスを脱がせ始めた。

「女性にはどうしてこんなに脱がせるものがたくさんあるんだろう」

「焦《じ》らすためかもしれないわ」

「国王を焦らすなんて……とんでもないドレスだ」

彼はぶつぶつ言いながらも、ドレスを脱がせ、コルセットやらたくさんの下着やらを脱がせていく。

リアーナはとうとう裸になり、ベッドのシーツの上に横たわる。

「男も正装ともなると、いろいろ身につけているものだな」

今度は自分の服を脱ぎながら、文句を言っている。リアーナは幸せな気持ちで、枕《まくら》を胸に抱いた。

「枕なんか抱くな」

「どうして？」

「枕は私じゃないからさ」

まさか枕に嫉妬《しっと》しているわけではないだろうと思いつつ、そんなことに文句を言う彼のことを愛しく思う。

今のわたしは彼が何をしたとしても、こんな気持ちになるみたい。

彼はようやく下穿《したば》きも脱いでしまった。いつもながら、見事な身体《からだ》で、リアーナはうっとりする。ベッドに入ってきた彼に、思わず抱きついた。

「ほら、枕なんかよりずっといいだろう？」

「そうね……」

彼への気持ちが高まってしまって、自分でもどうしようもない。

「ねえ……今夜はわたしがあなたにキスしてもいい？」

いつもリアーナはキスされるばかりだ。最初はともかく、彼に惹《ひ》かれる気持ちが大きくなるにつれ、彼に触れてみたい、キスしてみたいと思うようになっていた。

ただ、自分がラーナの身代わりだと思っていたから、今まで実行に移せなかったのだ。

だけど、もう……いいわよね？　わたしからキスしても。

リアーナは上目遣いで彼を見ると、彼は仕方なさそうに笑った。

「そんな目で見られたら、お願いを聞かなくてはいけないな。本当は私のほうが君の身体の隅々までキスしたい気分だったのに」

つまり、彼もまたリアーナに対して同じくらい愛しく思ってくれているのだろう。リアーナはそれが嬉しかった。

「今日はわたしの番でいいでしょ？」

「いや、違うよ。『今回』は君の番だ」

リアーナは頬を染めた。一度では終わらないという意味だ。けれども、リアーナも今夜はそんな気持ちだった。

正式な結婚式はまだだが、今夜は本当の意味での初夜なのだ。一度で足りるはずがない。何度だって愛し合いたい。

「さあ……私が痺《しび》れを切らす前に……」

ヴィンセントはシーツの上に横たわった。完璧《かんぺき》な肉体がそこにある。リアーナは少し照れながら彼の上にまたがった。彼はそれを見て、ニヤリと笑う。

「いいね。その格好……。何をしてくれるんだい？」

「もう……黙って」

リアーナは彼の頬を両手で包んでキスをした。キスをしている間は、彼は何も言えない。そう思ったのも束《つか》の間《ま》で、彼はリアーナの背中を撫《な》でてきた。

「んっ……」

背中を撫でられると、ゾクッとしてくる。自分が感じさせたいのに、何故《なぜ》だかこちらが感じさせられている。けれども、手を縛っておくわけにはいかない。

唇だけでなく、顔のいろんなパーツ、それから耳朶《じだ》にもたっぷりキスをする。しかし、その間にも彼はリアーナの肩やら背中やら、それから胸も撫でてきて、思わずこちらのほうが甘い声を出してしまった。

「ずいぶん感じているようだね？」

「もう……。わたしが感じさせたいのに！」

リアーナは身体を起こすと、筋肉がついた肩や胸板を両手で撫でた。触り心地がよく、うっとりする。だが、その間にも、彼はリアーナの太腿《ふともも》を撫でてくる。太腿なんか撫でられたら、息遣いまで苦しくなってきてしまう。

「も……やめ……て」

「このくらいで降参しちゃいけないな。それに、君はまだ大事なところに触れてないじゃないか」

そうだった。リアーナは身体を下にずらし、硬く勃《た》ち上《あ》がっている部分を両手で触れてみた。いつもちらりと見るだけで、こんなにまじまじと見つめたのは初めてだった。彼の身体の中で、自分と一番違うところだ。

「あの……あの……キスしてもいい？」

ヴィンセントは急に鋭く息を吸った。つまり、ここに触れているときは、彼もとても感じているということなのだ。

「……いいよ」

リアーナは気をよくして、顔を近づけた。そして、両手に包んだその部分にキスをしてみた。

何度かキスしてみて、彼の腰が少し動いたのに気づき、もっと大胆に舌を這《は》わせてみる。

「リアーナ……」

「気持ち……いいの？」

「いいよ。……よすぎるくらいだ」

そう言われると、褒められた気分になる。

リアーナはもっと大胆に彼のものを口に含んでみた。彼を気持ちよくさせてあげたい一心で、懸命に愛撫《あいぶ》していく。彼が口で愛撫してくれるときは、きっとこういう気持ちなのだろう。

でも、わたしだって、あなたを愛しているんだから……。

愛しているからこそ、できる行為なのだ。少なくとも、リアーナはそうだ。ヴィンセントだからできる。

夢中になっていたが、肩を押され、顔を上げる。彼は上半身を起こしていた。

「もう……いい」

「だって……」

「我慢できなくなってきてしまう」

彼はそんなに感じてくれたのだ。感激していると、リアーナは彼に抱き上げられた。彼の膝《ひざ》の上に乗せられて、ドキッとする。肌がさっきよりもっと密着しているような気がしてくるのは何故なのだろう。

心地よくて嬉しいが、向かい合っているのでなんだか照れてしまう。

何度も抱き合っているのに……。

「なんだか可愛《かわ》いいな」

「そ、そんなこと……」

今まで面と向かって可愛いと言われたことはないような気がする。少なくともベッドでは。リアーナは困惑した。

「可愛いよ。本当に。すぐ頬が赤くなる。こんなに正直なのに、私は何故、君の嘘《うそ》を見破れなかったのかな」

「わたし、必死だったからかも……？　セザスから両国の平和と未来がかかっていると言われて……」

ヴィンセントはクスッと笑った。

「可哀想《かわいそう》に。そんな重たいものを背負わせられたのか。だが、そのおかげで、君が王妃に適任だと判ったんだ。逃げだしたラーナ姫にも、セザスにも感謝したいよ」

彼はリアーナの腰からお尻《しり》のほうへと撫でていく。

「ま、真面目な話をしているかと思ったのに……」

「真面目だよ、私は。いつだってね」

彼はきらりと目を光らせ、リアーナの太腿を撫でる。

そこもやはり感じてしまい、思わず腰を浮かせた。彼はすかさずその隙間《すきま》に手を差し込んできた。

「ヴィンセント！」

「君のほうこそ、真面目なのかな。こんなに蜜《みつ》をたっぷり溢れさせているのにね」

「あぁん……」

秘部に指を差し込まれ、リアーナは甘い声を上げた。彼は小さく笑う。

「君のどんなところも好きだよ」

「こんなときに……ぁっ……」

彼の愛撫に翻弄《ほんろう》されているときではなく、もっとロマンティックなときに言ってほしかった。

「そんなふうに淫《みだ》らになっているところも……清純そうに顔を赤らめるところも……。それから、短剣を持って襲いかかってきたところや私を守ろうとしてくれたところも……全部だ」

わたしのすべてが好きだと言ってくれているのかしら。

リアーナは彼の愛撫に悶《もだ》えながらも、嬉しかった。彼は少し意地悪だが、やはりとても優しい。そして、懐《ふところ》も深い。そんな彼が愛していると言ってくれるのだから、リアーナは一生、大事にしてもらえるだろう。

だから、わたしも……。

「わたしも……わたしもよ。あなたの……いろんなところが好き。あなたが……道化《どうけ》みたいなおかしな格好をしていても……」

「それは嬉しいね」

彼は秘部から指を抜くと、リアーナの腰を少し持ち上げた。そして、己《おのれ》のもので貫いた。

「ああぁっ……」

身体の芯《しん》に熱い痺れが走る。下から突き上げられて、リアーナは思わず彼の肩にしがみついた。が、彼の動きに合わせて、自《みずか》ら腰を動かしてみる。

「あ、はぁ……ん……。す、少しだけ……ほんの少しだけ、国王になる前のあなたを見てみたかった……」

「いじけた王子だったよ。弟に居場所を奪われて」

そんなことはないと思う。たとえ昔はそうだったとしても、彼はいろんな経験をして、今のような彼に成長していったのだ。一朝一夕に国政を一身に担う国王になれたわけではない。

「いいの……。あなたが……どんな人でも」

正確にはそうではない。彼はリアーナの期待を裏切るような男にはならないからだ。

「愛しているよ……リアーナ」

「あぁ……んっ……わ、わたしも……ああっ」

身体中が快感に満たされて、愛していると言う余裕がなくなっていた。けれども、きっともう口に出さなくても伝わっているはずだ。

彼はリアーナの最奥まで激しく突いてくる。そのたびに、リアーナの内部は蕩《とろ》けてきそうになっていた。

手を伸ばして、彼にしがみつく。

リアーナはすすり泣くような声を出していた。

もう……もうダメ！

「あぁぁんっ……っ！」

彼にしがみついたまま、リアーナは絶頂を迎える。彼もまたほぼ同時に、リアーナの身体を強く抱き締めて達した。

激しい快感が甘い余韻に切り替わるまで、そのままの格好で抱き合う。

気がつけば、リアーナは彼の腰に両脚を絡めていた。自分でも訳が判らなくなるほど乱れていたらしい。

身体を離したものの、二人はまだしっかりと腕や脚を絡め、温《ぬく》もりを分かち合った。少なくとも今夜はもう離れられない。特に、リアーナは結婚したときからずっと、自分が本当の妻でないことを知っていたので、身体は満足しても、心はそうではなかった。

彼を愛してはいけないと思いながらも、愛してしまって、いつもつらかったのだ。

でも……。

もう、二人の間を誰も引き裂けない。

リアーナが唇を求める素振りをすると、彼がキスをしてくれる。

ただ、ただとても……幸せだった。


二度目の結婚式は二週間後に行われた。

最初の結婚ほど派手ではなかったが、それでも今度は間違いなくリアーナの名前で結婚の誓いをした。

最初の結婚と違うところはそれだけではない。まず、出席者の中に、モルヴァーン国王夫妻がいたということだ。

実の両親との対面に、リアーナは緊張した。

しかし、物心ついて初めて実の両親に抱き締められて、今まで知らなかった親の温もりというものが判った気がした。実感は湧《わ》かなかったが、これからも手紙のやり取りを続けることを約束した。

シルヴァーンとモルヴァーンが共に手を取り合い、平和の道へと進むなら、リアーナと両親はもっと気軽に行き来できるだろう。ぜひとも、そんな世の中になってほしいと思うのだ。

ラーナとジャイルズも結婚式に出席してくれた。二人もまた改めてモルヴァーンで結婚式をする予定だ。モルヴァーン国王、いや、父はラーナの駆け落ちの知らせを最初に聞いたときは激怒したそうだが、今はもうジャイルズとの結婚を許しているから、モルヴァーンに帰って暮らすらしい。

彼らの結婚式には、リアーナとヴィンセントも出席することになっている。リアーナはまだ他の兄弟には会っていないので、そういったことも楽しみだ。

それから、田舎《いなか》から領主一家も出席してくれた。特に、ネフェリアはモルヴァーン国王夫妻に感謝されていた。彼女がリアーナを拾って、育て、教育してくれなければ、王妃になることはなかっただろう。そして、再会することもなかったのだ。

ネフェリアの『人として生まれてきたからには、人の助けになるように生きるのよ』という言葉がなければ、ラーナと入れ替わることもなかったかもしれない。

ヴィンセントもそう思っているらしく、感謝の印として領主に褒美を与えた。失脚したウィーラスから没収した土地だ。息子が五人もいるから、それぞれに土地が分けられることになるのだろう。

ウィーラスは国を追放された。宰相まで務めた人間に酷なことかもしれないが、今までさんざん前王を操り、私腹を肥やし、ヴィンセントに謀反《むほん》を起こそうとしたのだ。処刑されるよりは追放でよかったと思ってもらわなくてはならない。

結婚式の後は二度目の披露宴が行われた。

最初のときは、リアーナは初夜のことで頭がいっぱいで、披露宴の席にいながら逃げだしたくて仕方なかった。

だが、今日は違う。初夜のことは頭にあるが、別の意味で、だ。

貴婦人の塔に行くのが楽しみだわ！

あそこでは誰にも邪魔されず、二人だけで過ごせる。このところ、ウィーラスのことや結婚式の準備などで忙しかった。いや、単に忙しいというだけでなく、なんとなく落ち着かなかった。

だから、久しぶりに二人でゆっくりと過ごしたかった。

それに……。嬉しい報告もある。

リアーナは浮き浮きしていた。

やがて、最初の披露宴のときと同じように、リアーナは女官達に貴婦人の塔に連れていかれ、身体を洗われた。真新しい夜着を着て、寝室に入る。

本当の初夜とは違って、何をするのか判っているから、もう怖くはない。

リアーナは塔の窓から月を見上げた。

披露宴はまだ続いているが、ここでは騒がしい声も聞こえない。静かな夜で、まるでここは世間から隔絶された世界のように思える。

次にリアーナがここに来るときは、大きなお腹《なか》を抱えているはずだ。貴婦人の塔は初夜と出産に使われるのだから。

初夜で二度もここを訪れたのは、わたしが初めてよね。きっと。

ふと扉が開く音が聞こえてきた。振り向くと、長い金髪を垂らしたヴィンセントが寝室に入ってくる。

「お帰りなさい」

思わずいつものように声をかけてしまい、リアーナは赤面する。ヴィンセントは笑いながら、近づいてきた。

「今夜は逃げないんだな」

「だって、逃げたくないもの」

彼はリアーナを抱き締めた。

「私も逃げずに、二度目の初夜を楽しむことにしたよ」

リアーナも彼の背中に腕を回した。彼と抱き合うと、自分の身体がどれだけ彼の身体にすっぽり収まるのかに気づく。

やっぱり、わたしと彼は互いに運命の相手なんだわ。

ただ抱き締めるだけで、二人の引き合う力が強く感じられる。そして、何より不思議な安らぎも感じられる。

「ねえ……わたし、あなたに話があるの」

「話？　私は話より先にしたいことがあるんだけどな」

彼はリアーナの豊かな髪に指を差し入れ、梳《す》いていく。

「実は……身体の具合が少しよくなくて……」

それを聞いた彼はぱっと身体を離して、リアーナの肩に両手を置いて、心配そうに顔を見つめた。

「医者に診《み》せたのか？　どこが悪いんだ？　もしかしたら……よくない病気なのか？」

リアーナはヴィンセントの愛を疑ったり、試したりしているつもりはなかったが、誤解されそうなことを言ってしまったことを反省した。

「わたし達に赤ちゃんが生まれるのよ！」

ヴィンセントは驚いて目を見開いていたが、すぐに歓声を上げて、リアーナを抱き上げてくるくると回った。

「信じられない！　いや、それが自然の摂理だろうが、君が元気そうにしているから気がつかなかった」

リアーナ自身も実はいろんなことがあったので気づいてなかったのだが、メルのほうが先に気づいて、診察を受けるようにと勧めてくれたのだった。普通、身ごもると気分が悪くなったりすると聞いたが、医者によると、人によってその具合は違うのだという。

「これが結婚の贈り物よ」

「ありがとう……」

最初は興奮していた彼も、ようやく落ち着いてきたようで、今度は感動しているようだった。

ヴィンセントにはいろんな面がある。厳しい国王としての顔もあれば、心優しき恋人のような顔もある。昔の名残《なごり》なのか、人を煙《けむ》に巻《ま》くような振る舞いをすることがあるかと思えば、ひどく傷つきやすい面もある。

でも、子供を身ごもったというだけで、こんなに感動してくれるなんて……。

ますますあなたが好きになりそうよ。

「そう。絶対よ」

「……え？」

リアーナは彼の首に腕を絡め、間近で顔を見つめる。

「心から愛してるって言ったの」

その瞬間、彼は蕩けるような顔になった。

「私も心から愛しているよ。君がいなくては生きていけない」

視線が絡み合う。
胸に喜びが込み上げてきて……。
やがて二人の唇は静かに重なった。

あとがき

こんにちは。水島忍《みずしましのぶ》です。

今回は、田舎娘《いなかむすめ》リアーナが隣国の王女ラーナと入れ替わって、自分の国の王様ヴィンセントと結婚してしまうお話です。

リアーナは孤児なんですが、田舎の領主夫人に育てられ、快活でお転婆《てんば》な娘に成長しました。乗馬を習ったり、剣の稽古もしたことがあり、読み書きや行儀作法を教えられ、侍女として働きながら奉仕活動もしています。めっちゃオールマイティです。

対するラーナ姫は過保護に育てられ、部屋に閉じこもってばかりの内気な王女。ところが、この二人、外見と声がそっくりなんです。

ラーナ姫はヴィンセントとの政略結婚が決まった途端、焦《あせ》ります。何故ならば意中の人がいたから。思い余った彼女は駆け落ちすることに。

そして、その駆け落ちに巻き込まれたのがリアーナというわけです。

いくらそっくりでも生まれも育ちも違うんだから、普通はばれるはずなのですが、何故だか周囲の人々にばれることなく、とうとうお城まで連れていかれてしまうリアーナ。もちろん焦ります。まさか別人のふりをしたまま王様と結婚するわけにはいかないですよね。でも、お城から逃げようとしていたときに出会ったのがヴィンセントだという運のなさ……。いや、これは結果的には運命の出会いなのですが。

ヴィンセントは即位するまで、身の安全のために変な格好をして遊び回るふりをしていました。見た目はチャラ男です（笑）。本当は国と国民を愛する責任感の強い男なのですが。即位して、格好はまともになったものの、言動はまだチャラ男が残っていて、重臣を集めた会議では彼らを煙《けむ》に巻き、なんだかんだで自分の意見を通してしまいます。

そんな彼は政略結婚をプロデュースした本人。ですが、相手を気に入ってしまいます。一方、リアーナは偽者なのに、彼に恋をしてしまい……。結婚していながらも、本当の結婚ではないことを知っているから、かなり苦しいのですが、それを打ち明けることすら許されません。

偽者だとばれたら命だって危ないですからね。自分だけでなく、お付きの人の命も危ない。それどころか、隣国との戦いが起こってしまうかもしれない。

そんな不安に苛《さいな》まれながらも、リアーナはヴィンセントを愛するようになります。ヴィンセントは彼女の正体を知って、ショックを受けますが、彼女を愛してしまい……。

ヴィンセントはとんでもない場面で愛の告白をします。今までたくさん本を書いてきましたが、こんな場面での告白は書いたことなかったなあ、と。普通ないよねー。

そして、彼はリアーナに愛の告白をさせるために、多くの人の前で芝居《しばい》じみた態度をとったりして……。呆《あき》れつつも、これは個人的にけっこう好きなシーン。

そう。私はそんな腹黒で二面性のあるヴィンセントが大好きなんです（笑）。

さて、今回のイラストは、すがはらりゅう先生です。ヴィンセント、腹黒バージョンも真面目バージョンもとても格好いいですよねー。ほぼ私のイメージどおりで、とっても満足です～。リアーナはお転婆姫ですが、めっちゃ可愛い！　すがはら先生、どうもありがとうございましたー！

それにしても、私はやはりヒロインのリアーナよりも、ヴィンセントのほうがどうしても気になります。読者の皆様はいかがでしたでしょうか。このお話を気に入っていただけると嬉《うれ》しいです。

それでは、また。

水島　忍

『身代わり姫は腹黒王子に寵愛される』、いかがでしたか?
水島《みずしま》忍《しのぶ》先生、イラストのすがはらりゅう先生への、みなさまのお便りをお待ちしております。

水島忍先生のファンレターのあて先
〒112-8001 東京都文京区音羽2-12-21 講談社 文芸第三出版部「水島忍先生」係
すがはらりゅう先生のファンレターのあて先
〒112-8001 東京都文京区音羽2-12-21 講談社 文芸第三出版部「すがはらりゅう先生」係

N.D.C.913　250p　15cm

水島 忍（みずしま・しのぶ）
２月３日生まれのO型。福岡県在住。
著書はＢＬ、ＴＬ、その他で２００冊以上。
低糖質お菓子作りにチャレンジ中。
http://www2u.biglobe.ne.jp/~MIZU/

講談社X文庫

white heart

身代《みが》わり姫《ひめ》は腹黒王子《はらぐろおうじ》に寵愛《ちょうあい》される

水島《みずしま》 忍《しのぶ》

●
2017年２月２日　第１刷発行

定価はカバーに表示してあります。
発行者――鈴木　哲
発行所――株式会社 講談社
東京都文京区音羽2-12-21 〒112-8001
電話 編集 03-5395-3507
販売 03-5395-5817
業務 03-5395-3615
本文印刷－豊国印刷株式会社
製本――株式会社国宝社
カバー印刷－豊国印刷株式会社
本文データ制作－講談社デジタル製作
デザイン－山口　馨

ISBN978-4-06-286934-8